D+

dear+ novel

furerudakeja tarinai・・・・・・・・・・・・・・・・・・・・・・

ふれるだけじゃたりない

川琴ゆい華

新書館ディアプラス文庫

ふれるだけじゃたりない

contents

illustration : スカーレット・ベリ子

（ふれるだけじゃたりない）

FURERUDAKEJA TARINAI

■　久瀬くんのこと　■

好きな人に想いを伝えたとき、「僕もきみが好き」と応《こた》えてくれるといいな。できれば「ありがとう」よりも、同じ気持ちだと感じられるような、その人なりの言葉が返ってくると嬉しい。両想いでなかったなら、ほんの少しでいいから優しくふってほしい。

恋は伝えることから始まる、と成末晴琉《なりすえはる》は思っている。そんな晴琉にとって、二十五年の人生でいちばん衝撃的だったのは、想いを伝えた際の久瀬龍之介《くぜりゅうのすけ》からのひと言だった。

「きみに興味ない」

強烈すぎて一瞬世界がとまった。久瀬が晴琉に向けて撃った弾丸《だんがん》が見えた気がした。

実際あのとき彼の言葉に晴琉は胸を撃ち抜かれて、恋の致命傷を負ったのかもしれない。だからそこで時間がとまったみたいに、一年経《た》った今も変わらず、久瀬を好きなままなのだ。

＊＊＊

朝のオフィスビル内のエレベーター待ちで、晴琉はスマホの画面にずらりと並んだ写真のサムネイルを眺め、傍目《はため》に分かるほどにんまりとした。

――きのうの久瀬くんもその前の久瀬くんも、めっちゃかっこいい。ごはん食べてようがあくびしてようが、いついかなるときもかっこいい。

晴琉は、三百枚を超す写真の被写体である久瀬龍之介に、もう一年もの間、どうしようもない恋をしている。

エレベーターの扉が開き、晴琉もほかの社員らとともに箱に乗り込んだ。

久瀬との出会いは、今ちょうど晴琉がいる、このエレベーターの中だった。

『株式会社ロワクロゼット』は、主要商材が衣料品のネット販売、いわゆるEC事業の運営会社だ。ウェブ通販サイト『ROY《ロワ》』を主軸《しゅじく》に、創業十年の会社ながら新橋《しんばし》に運営の要となる自社ビルを構え、有明《ありあけ》には物流倉庫を有《ゆう》している。数百にもなるブランドのアパレル商品のほか家具や雑貨も取り扱《あつか》っており、売上高は千五百億円を突破。社員数は千人超。好調なEC業界の波に乗って業績は右肩上がりで成長している。

晴琉が新卒入社で配属された運営管理部の有明物流倉庫《ベース》から、新橋の本部オフィスへ異動になったのが一年前のこと。転属初日に私物などが入ったコンテナボックスを抱《かか》え、エレベーターに滑《すべ》り込《こ》もうとした晴琉の前であえなくドアが閉ま……った、と幸先《さいさき》の悪さにため息をついたら、再びドアが開いた。

スマホに夢中の人、書類を覗き込んで会話中の人、背中を向けている人。

エレベーター内の奥のほうに立っていた久瀬は、晴琉と目が合い、気付いてくれて、一度は閉まったドアを開けてくれた人だった。

――ドアが開いた瞬間、ぱあああってエレベーターの中に桃色の花びらが舞い上がった気がしたんだよな。

晴琉が「ありがとうございます」と明るく礼を伝えても、久瀬は今度は目も合わせず軽い会《え》釈《しゃく》を返してくれただけ。そのあと階数が表示されるインジケーターを見上げ、晴琉と視線が絡むことはなかった。

――あのそっけなさがイイんだよ。

開けてあげました、というほどのことではない、小さな親切かもしれないけれど。晴琉は久瀬がしてくれたことや、彼の存在そのものに自分でも不思議なほど胸がときめいた。

彼の傍に立った際の目測による推定身長は百七十八センチ。晴琉より十センチ以上高い。涼しげな目元、鼻筋の通った横顔や薄い唇に尖《とが》った顎《あご》、男らしい喉仏、姿勢がいいのもポイントが高い。

どちらのどなた様なのか知りたくて、彼のジャケットの胸ポケットに引っかかっていたＩＤタグをこそっと覗き見してびっくりした。

晴琉と同じ『ＥＣ事業部』。彼は『システムグループ』で、晴琉の異動先は『フルフィルメントグループ』だ。グループは違うが商品の受注から決済に至るまでの業務全般を行っている同じ部内で、島が隣接しているから絡むチャンスはたくさんある。

しかし、ペーパーレス化が進んだオフィスで、「この書類に査印ください」なんてない。

――絡むチャンスはむりやりつくったけど。

配属された直後に部内研修として一日だけシステムGr《グループ》に張りつく機会があり、「有明ベースから来たばかりなので本部社食のおいしいランチをおしえてください」と晴琉が久瀬を誘った。久瀬はシステムGrのサブチーフで、部内研修の担当でもあったのでそこは自然に。のちには不自然なほど積極的に。

――一気に距離を縮《ちぢ》めたくて、出会って三日目に行った居酒屋で『久瀬さん』じゃなくて『久瀬くん』呼びしたんだよね。あのときの久瀬くんの顔……。

久瀬はグラスを口につけたまま一瞬「んむ？」という顔になった。怒ってはいないけど、眸《ひとみ》に力がこもり、そこに困惑と驚きが混ざっていた。はじめて久瀬の内側から感情が飛び出したのが見えた瞬間で、晴琉はあのときのことが忘れられない。

その思わず素《す》になった久瀬に向かって、「久瀬くんのこと好きだから、仲良くなりたくて」と告白した。しかし言い方とタイミングが軽すぎた。単純な好意と解釈《かいしゃく》されてしまい、このとき久瀬は「きみ……ちょっと変わってんね」と薄く笑っただけだった。

それから久瀬とのランチが日常になり、しれっと終業後の約束を取りつけ、ぬるっと休日のお宅にお邪魔し、もう眠いとごねてお泊まり（もちろん寝るだけ）だってした。

そこまでに要した時間はひと月とかかっていない。思い立ったら即行動なのは、「相手に考える時間を与えたら負け」というゲイ仲間のおしえでもあるが、九割方、晴琉の性格だ。

でもいくら押し切られたからといって、好意をアピールしてくるゲイを平気な顔で家に泊めるとはあまりにも無防備すぎる。やっとそこで気付いた。久瀬は晴琉の想いなど微塵《みじん》も分かっていないし意識もしていない、のだと。

迎えた最初のお泊まりの翌朝、今度はちゃんと恋愛感情があると認識してもらえるように「久瀬くんが好きです」と伝えた。そんな真剣な晴琉の告白に対して真正面からなんの表情もなく久瀬に返された言葉が、「きみに興味ない」だった。

そもそも久瀬にすれば、晴琉が真剣だろうと、抱いているのが軽い好意だろうと、どっちでもよかったのだ。

——だって「きみに興味ない」だからね。実際どっちだろうと久瀬くんの態度は変わらなかったから、僕の気持ちの在処《ありか》なんて、本当にどうでもよかったんだろうな。

あの瞬間を思い出せば、今でも胸に風穴が空《あ》く。

しかし晴琉はそこを手のひらで押さえてきっちり塞《ふさ》ぐタイプだ。いや、きらいだの無理だのと決定的な拒否をされたら、晴琉だって「ですよね」とあきらめる。相手の気持ちを尊重しないストーカーは犯罪だと思う。

でも「興味ない」には未来への展望が期待できる。もしかしたら何かのきっかけで急に気になりだすかもしれないし、そもそも「きらいではない」ということでもある。きらわれていないのだから自分にはまだチャンスがある、と考えるのが、晴琉のマインドのたぐいまれなる強さともいえる。

以降もめげることなく「拒絶されてるわけじゃない」という勝手な解釈を免罪符にして、自分が言いたいときに、好き好き言いまくった。

何かにつけて晴琉が「だって久瀬くんのこと好きだし」とか「久瀬くんを好きだから」と会話に織り交ぜ、ぶち込んでも、彼からの反応はとくにない。久瀬に向かって愛を叫ぶのが日常化したため、聴く気のないBGMがごとく、右から左に聞き流される始末だ。

相手を慣れさせるほど好き好き言いすぎるのもいけないが、言いたくなるからしょうがない。ただし、久瀬は晴琉だけを邪険にするのではない。低温の定温で粗塩《あらじお》対応を常《つね》とする彼は、本部オフィスの女性たちの間で『触るな危険。低温火傷《やけど》に注意。難攻不落につき観賞用』と評判の男だったのだ。

自分は男だからか、傍《そば》にいることを許してもらっている。そこにはほのかな優越感を抱くことができた。

そういうわけで、久瀬をあきらめて次へ行く気にならない。「きみに興味ない」以降も、晴琉が誘うと久瀬は時間さえ合えば（暇《ひま》つぶしか、本当にどうでもよくて）「いいけど」とつきあってくれる。久瀬は突き放すような言葉を投げておいて、晴琉を完全に拒絶しないから、そこはある意味たちが悪い。

でも好き。好きだから、それでもいい。晴琉の性的指向をとくに考慮《こうりょ》せず、気が置けない扱いならむしろ嬉しい。

永遠にこのままでもいいや、とは思わない。でも、お泊まりするまでの間柄《あいだがら》になってからは闇雲《やみくも》に時間だけがすぎ、ふたりの関係は一年経ってもたんなる『同僚』だ。

今のところ不満はないが、このびくともしないシーソーゲームをいつか制したい欲はある。

だって成末晴琉は、久瀬龍之介を本当に本当に、大好きだからだ。

＊＊＊

また少し時間が経ち、出会いから一年と二ヵ月がすぎた十一月。

季節が秋から冬へ移っても、あいかわらず久瀬と晴琉の関係は現状維持《いじ》にとどまっている。

「久瀬くん、泊まってってっていい？」

晴琉が訊《き》いてももう、久瀬は眠っている。それを承知の上で、「いちおう確認した」との事実だけは残しておく。

綺麗な寝顔だ。いや、どちらかというと、かわいい、かも。動いているときより少し子どもっぽくなる。よく見ると睫毛《まつげ》が長くて、ひげが薄くて、にきび痕なんてひとつもなくて。

――こんなに近くで久瀬くんの寝顔を眺められる……最高の週末。

晴琉が久瀬の部屋に泊まるのは、もう何度目か知れない。

広いワンルームの壁にはかなり大きなL字形の棚《たな》が設置され、映画のディスクがびっしり詰め込まれている。久瀬が仕事の次に優先している唯一の趣味だ。

なんに対しても薄い反応の久瀬だが、映画にだけは興味があるらしい。それらの海外版ポスターがいくつか飾られているし、さりげなく置かれたヒーローフィギュアなどのインテリアからも映画好きなことが窺《うかが》える。

くわえて、なんと彼は映画について呟くSNSアカウントを持っている。ただし一方的に感想を投下するだけ。フォローしているのは映画関連の公式アカウントのみ。見知らぬ誰かとコミュニケーションを取るつもりがないのでリプライはしないし、お義理ですらフォローを返さないという徹底《てってい》した粗塩対応だ。

「……久ー瀬ーくーん……」

小さく囁くように呼んで、じっと見つめる。やはり久瀬の反応はない。

――よっし！　久瀬くんが寝てしまえばこっちのもん。

チャンス到来とばかりに、久瀬の寝顔をスマホで撮《と》る。久瀬はネットにアップしなければあとはどうでもいいと晴琉を野放しなので、いつどんな彼を激写しようが自由だ。

久瀬のベッドにちゃっかり入り込み、もうちょっとで鼻と鼻がくっつきそうなくらい限界まで近付くこともできる。でもここまで。えっちなことはぜったいにしない。だって気持ち悪がられてしまったら一巻の終わりだ。

すぅ、すぅ、と寝息が聞こえる。久瀬は横臥《おうが》して腕を胸の前で折りたたみ、寝姿も子どもみたいだ。

——あああ、寝てるときだけかわいくなるとか反則すぎる……！

胸がぎゅっと軋《きし》むのを抑え、溢《あふ》れそうになる愛《いと》しさを内にとどめる努力をしなければならない。頭からつま先まで、大好き、の感情でいっぱいになる。その間、しっかりたくさん写真も撮る。

昂《たかぶ》る想い。目を閉じて鎮《しず》まるのを待って、もう一度、彼の寝顔を見つめた。

——あぁ……しあわせ。しあわせです、神様。

余暇《よか》や仕事のあと、晴琉のほかに久瀬がこういう過ごし方をしている特定の女性が今いないのは確認している。しかし、出会った当初の関係から特筆すべき変化はなく、彼に恋人がいないからといって晴琉にとりわけ望みがあるわけではないのだ。

それでも好きな気持ちはとめられない。こんなふうに会うことを久瀬に許されるかぎり、彼の傍にいたい。

晴琉の親しいゲイ友で同僚の高木有朔《たかきゆうさく》は、「その気がないのを明確にしないのはずるい」「勝手にしろよってかんじで、久瀬さんは冷たい」と眉《まゆ》を顰《ひそ》めるが、それは違うと思う。

最初は久瀬の外見やクールな雰囲気《ふんいき》に惹《ひ》かれ、彼の傍で好き好きと騒ぐのを楽しんでいる部分も大きかった。でも「興味ない」とふられたあと「この人を好きになってよかった」と、それまでの想いをより深くしたのは、部内である出来事が起こったときだった。

現在のEC事業部に異動した初日、晴琉は自己紹介の場でなんのためらいもなく、ゲイだとカミングアウトした。これまでもそうやって世の中を渡ってきたので「好きな食べものはチーズハンバーグです」と同じぐらいの気軽さだ。そうしたらしたでそれなりに面倒くさいこともあるけれど、合コンのお誘いなどで気を揉《も》まなくていいし、千人の人間が働く社内でも格段に同士を見つけやすいと思っていたからだった。

部内で起こったある出来事というのは、そんな晴琉のセクシャリティにまつわるものだった。にこやかに臆《おく》することなくカミングアウトしたものだから、一部の人間が晴琉を遠慮《えんりょ》なくからかう風潮が目立つようになった。

コミュニケーションを図るノリで、「晴琉くんはどんな男がタイプなの」と訊かれ、「イケメンかな」と当たらず障《さわ》らずな答えを返したら、芸能人を例に挙げての質問攻めに発展。それを「○○部のナニナニさんが似てるよな」と社内の人間に当て嵌《は》められ、当人に「好みだってよ」と伝えられてしまう、とかだ。

そういうからかいに慣れっことはいえ、それ自分がされたらどーよ？　こっちの立場ないって分かんないかな、と内心ではむかつく。でも、異動したばかりというのもあって我慢した。

異動からひと月以上経った頃になると、部内でのからかいはだんだんエスカレートしてセクハラの様相を見せ始め、「晴琉くんはどっちなの？　やっぱ挿《い》れられるほう？」なんて社食の席で訊かれるまでになった。

仕事中ではない。これは怒ってもいいやつ、と沸騰《ふっとう》した憤懣《ふんまん》が喉まで出かかったけれど、同じ部内の人間と揉めたらデスク周辺の雰囲気が悪くなるし、「冗談も通じないやつ」と冷ややかに見られて損するだけだ。

ちょうどひとりでランチプレートを食べ始めたばかり。立ち去るのも感じが悪く、なんと答えてもからかわれそうで、へらっと愛想笑いでごまかしたとき。横からがしっと頭の天辺《てっぺん》を摑まれ、晴琉が驚いて仰ぎ見ると、立っていたのは久瀬だった。

すると、いつもあまり声を張らない久瀬がそこらに聞こえるほど声高に「おまえなんで笑ってんだよ。イヤならイヤって顔くらいしろ」と晴琉を一喝《いっかつ》したのだ。

久瀬が晴琉を咎《とが》めることで、それまでからかっていた者たちが己《おのれ》の非道に気付き「ごめん、俺たちが無神経だった」と謝ってきて、それ以降はいやな思いをすることがなくなった。

ただ嵐が通りすぎるのを待つだけだった晴琉がそのあと久瀬に感謝を伝えたら、久瀬は「ほんとにいいやつは『波風立てたくない』って考えてる人間を、そっとしておくだろ」とそっぽを向いてコーヒーを飲んでいた。

結果によっては、晴琉を孤立させてますます困らせるリスクがあった、と言いたいのも分かる。でも知らん顔で静観している人間ばかりの世界で、晴琉をそこから助けてくれたのはほかの誰でもなく久瀬だった。今までそんな人は晴琉の周りにはいなかった。

久瀬は冷たくなんかないし、どんな相手の前でもフラットだ。興味がないのは晴琉のことばかりではなくて、へたをしたら毎日同じものを食べているし、シャツは同じものを色違いで買うくらいに拘《こだわ》りがない。「何食べたい？」の答えはいつも「なんでもいい」、「どこ行く？」には「どこでもいい」だ。だから「あなたのことが大好き」と常日頃から愛を囁くゲイのとなりで、久瀬は無関心を隠しもせず、ひどいときはあくびなんかしている。

――なんかたぶん、僕が好き好き言ってるのも、犬のわんわんとか猫のにゃーにゃーと同じ扱いなんだろうな。

きっと久瀬は愛の言葉として受けとめていないのだ。最初に晴琉に対して「きみに興味ない」ときっぱり伝えてあるし、もう彼が晴琉の気持ちに応える必要はないからだ。

晴琉が誘うばかりで、久瀬から先の予定を訊かれたことも次の約束を求められたこともない。晴琉が動かなければ、ふたりの関係は会社内にとどまってしまう。

――んんんーっ……でも好き！

そのうちあきらめるだろう、と思われているなら、それはつまり、晴琉がいつまで好きでいてもかまわないのと同じこと。

あきらめる日を決める決定権は晴琉にある。だけど「そんな日は来るんだろうか？」と首を傾《かし》げるくらい、朝が来る意味も、息をする意味もすべて、久瀬を見つめるためにある。
久瀬の傍にいられるしあわせの中、晴琉は今日も大満足の気分で眠りにつくのだった。

■ 晴琉のこと ■

朝、久瀬《くぜ》が眠りから覚めたら、目と鼻の先に成末晴琉《なりすえはる》がいた。

「……なんっだよ……」

おまえなんであっちのソファーで寝てないんだよ、狭《せま》いんだよ、そんでやたらちけーんだよ、と押しのけたいのだが、寝起きなのでみなまで言うのも面倒くさい。だからしかめっ面《つら》で寝返りを打って、晴琉に背中を向ける。

そうすると久瀬の前頭部は壁にじょりっとこすれた。逃げ場がない。ボーナスで買ったセミダブルベッドなのに窮屈《きゅうくつ》とは、じつに理不尽だ。

――こんなことならダブル買えばよかっ…………違う。それはおかしい。

ますます眉間《みけん》の皺《しわ》が深くなる。

だいたい泊まるなんてきいていない。最初の頃こそ、前もって泊まりのお伺《うかが》いを立てる謙虚《けんきょ》さを見せていたのに、この頃はずうずうしいったらない。

――なんでおまえのほうがベッド広めに使って俺がはじっこなんだよ。みっつも年下のくせに。毎回替えのパンツだけ持参して、人のパジャマ勝手に着てるし。そもそも俺んち来るのに泊まり前提ってのがおかしいだろ。

「……あぁ、もっ！」

頭の中が文句でいっぱいになったら完全に目が覚めた。

久瀬が粗暴に身を起こしても、晴琉はすやすやと寝ている。

「おい、起きろ」

理不尽さを相殺《そうさい》すべく、声をかけるのと同時にひたいをべちんっとはたくと、晴琉は「いてっ」と短く呻《うめ》いて目を瞬《しばたた》かせた。

すぐに久瀬に気付き、たった今はたかれた辺りを手ですりすりとして、にへらぁっと笑う。

「ぺちってされた」

寝起きになんだそのテンション、と久瀬は渋面《じゅうめん》だ。

なぜか嬉しそうな晴琉をまたいで、腹立ち紛《まぎ》れにケツをむにゅっと踏みつけたら「ひゃひゃっ」とまた楽しげに笑うから、上掛けを引き剝《は》がし、「それ、ベランダに干しといて」と命令した。

ベッドから下り、素足で踏むフローリングがひんやりとしている。カーテンを開けると、広がっているのは薄い灰色がまじった空の色だ。そんな冬の朝の景色が、久瀬はきらいじゃない。ぎらりとまばゆい夏の、押しつけがましい暑さのほうが苦手だ。

「久瀬くん、そこ開けて」

久瀬の背後に、上掛けを両腕で抱《かか》えた晴琉が立っていた。胸の辺りから頭まで、羽毛布団に完全に埋もれている。

——なんか……ソフトクリームみたいだな。

ベランダへ続く窓を開けてやると、ふわふわのソフトクリームになった晴琉が出ていく。

その姿がなぜだかツボに入った久瀬は、肩を揺らして静かに笑って見送り、そこから入り込む風が予想以上に冷たく感じられたため窓を閉めた。ちょっとした仕返しのつもりで鍵《かぎ》もかける。

——コーヒー飲も。

挽《ひ》き豆《まめ》は面倒なので、いつもインスタントだ。ボタンを押せば出てくるやつ。

やがてベランダのほうから「久ー瀬ーくーん！　これ小学生レベルのいたずらだからね！」と大声が聞こえてきた。あんまり騒ぐととなり近所から苦情が来る。

鍵を開けると、晴琉が「ほんと寒いんだよ！」とぷりぷりしながら戻ってきた。

窓の開閉で部屋があたたまらないので暖房の設定温度を上げ、淹れておいたコーヒーを「飲めば」と指すと、晴琉は目をぱちっと大きくする。

晴琉は湯気が立つほど熱いコーヒー入りのマグカップを両手で持って暖を取り、今度はなぜだかにやにやした。

「久瀬くんのこういうとこ好き」

「……は？」

「久瀬くんは分かんないだろうけど」

べつに理解してくれなくていい、ということらしい。

晴琉は自分の考えなどを、普段からあまりあれこれ説明しない。そうまでして理解されたいとは思わないようだ。久瀬としても「きいてよ！」などと、どうでもいいことをだらだらきかされるのはただ煩《わずら》わしいだけなので、そんな晴琉といるとあまり窮屈さを感じない。

――ベッドは窮屈だけど。

そう思いながらテレビをつけたら『午後からの雨の確率は80パーセント』という予報で、久瀬はあっという間にそっちに意識を持っていかれた。


天気予報より早く十一時頃から雨が降り出し、干していた羽毛布団は早々に取り込んだ。『土曜の午前中』で時間指定していた宅配便を受け取って部屋に戻り、梱包《こんぽう》をといて中身を出す。段ボールを崩して背後に目を向ければ、晴琉が「映画のディスク？」と訊いてきた。

「映画シリーズ六本とボーナスディスクが三枚ついたブルーレイのフルコンプ」

「でもこれぜんぶDVD持ってるよね？　保管に場所取るし、ネット配信便利だよ」

出た。DVDとブルーレイ、どっちもまったく同じ内容の映画なのに、と思っているやつの浅はかな質問だ。

「内容じゃなくて画質と音質、それと特典。それにネット配信て……そんなの、俺のものになった気がしない」

呆《あき》れ口調で答えながら、ボックスを覆《おお》うシュリンクを取って開封する。

反応がないのでちらっと横目で見ると、晴琉はなぜか照れた顔つきだ。

「い、今の、今のもう一回言ってくれない？」

しかも興奮ぎみ。久瀬は状況を理解できずに顔を顰《しか》めた。

「……何を」

「俺のものになった気がしない——ってやつ……うわぁもう久瀬くんかっこよすぎ！」

意味が分からないのでリクエストには応えず、久瀬は特典映像ガイドブックを片手にブルーレイデッキの電源を入れた。

「えっ、もしかして今からぜんぶ見る気？」

「特典映像だけ」

さすがに制覇《せいは》するのは無理がある。ディスク九枚分、不眠不休でも三十四日かかる。

晴琉はシュリンクに貼られていたシールを見て「未公開シーンと別テイクの特典映像だけで四十時間っ？」と驚いているが、そのために死守した完全土日休みなのだ。とはいえ制覇は不可能なので、せめて特典映像三枚のうち二枚は今週末で消化しておきたい。

「連泊はパンツがたりな……」

驚いた。今日も泊まる気かよ——という顔を向けると、晴琉が「夜は帰ろうかな」と笑う。

「このシリーズ1から6まで見たことあるのか?」

「テレビでやってたのをたまたま。どれか分かんないけど。でも1はたぶん見てる」

——……なんだよそれ。見る意味あんのかよ。

特典映像だけ見たって内容は分からないはずだが、本人が今すぐ帰る気がなさそうだから放っておくしかない。

今日に限らず、晴琉は久瀬の唯一の趣味である映画鑑賞に勝手につきあうものの、本人が退屈だと途中で寝たりスマホを弄《いじ》ったりしている。ごはんを作ってくれることもあるし、近くのコンビニに菓子やアイスを買いに行ったりと自由にしているから、久瀬としても晴琉のことはあまり気にならない。

何回も繰り返し見ている映画の最中に、内容についてあれこれ質問されるのはいいけれど、はじめて見るものだと、そういうのはうっとうしい。そんなとき、晴琉は話しかけずにいてくれるわけだが。

——そうまでして、なんでここにいるんだろう。

過去に久瀬がつきあった彼女たちはみな、「せっかく遊びに来たのにつまんない」と途中で怒って帰り、二度と連絡が来なくなるか、こちらの都合はお構いなしに話しかけられて久瀬が無視した結果、泣かれてしまい、いっそう面倒な終焉《しゅうえん》を迎えるか、だった。

久瀬にとって映画はひとりで楽しむ趣味だ。誰かと感想を共有したいとは思わないし、解釈についてディスカッションしたいわけでもない。そもそも他人の感想に興味がないのだ。だからシネコンデートでも、鑑賞後に会話が盛り上がらない。それどころか気に入っている映画に対して反対意見など述べられると、ひどいときは相手に嫌悪感さえ覚えてしまう。

つまり映画鑑賞デートは、『即刻別れる』ことになるという鬼門だった。

それでなくても、久瀬は二十九年の人生において、交際した女性から百パーセントふられている。どんなに久瀬に対して熱烈だった女性だろうと、ひとりの例外もなく、だ。

つきあって一週間ほど経った頃、「えっと……名前なんだったっけ」と訊いてふられる。

街で背格好が似た女性に間違って声をかけ、気づかずに会話していると横からホンモノの彼女が現れて、その理由を正直に話したらキレられてふられた経験もある。

女性たちはなぜだか久瀬がつまらなそうにしていることを鋭く見抜くし、当然それを許してくれない。くわえて性的なあれこれにも興味が薄いので、そういう方面から繋《つな》ぎとめようとされるとあからさまに萎《な》えてしまい、結果、ふられる。

——えっちの最中に相手の鼻の穴とか気になっちゃうしな。

セックスにたっぷり二時間かけるくらいなら、九十分の映画を一本見て、マスターベーションは五分ですむのに、なんて考えてしまうのだ。

——好き、っていうけど、それがどういう感情なのかよく分からないし。

映画の好ききらいと、人の好ききらいがどう違うのか。性欲が湧くか湧かないかの差なのだとしたら、ひとりえっちのときに見る映像や画像に対しても恋をしているということになるのだろうか。それは屁理屈かもしれないが、じゃあ誰か分かるように説明してほしい。

晴琉も久瀬のことを「好き」だと言う。だけどそれはまるで『○』『△』『□』の記号みたいに、久瀬にとってはそれほど意味のない言葉に思えるのだ。だってこんな自分のどこに惹かれて、何がいいと思ってくれているのか、たとえ説《と》かれても理解できないから。

晴琉は「最初出会ったときに運命を感じた」らしいがそんな抽象的《ちゅうしょうてき》なことを言われても、なるほどとは頷けなかったし、「久瀬くんは優しい」なんて、はじめて人から貰った言葉をまっすぐに受けとめられなかった。

優しいとの評価の理由が、カミングアウトした晴琉を同僚がからかっていた場面で、自分が口を出した件だというなら買いかぶりすぎだ。下劣《げれつ》なことを言うやつらにも、傷つけられているにもかかわらずその場だけ笑って躱《かわ》そうとする晴琉にも苛立《いらだ》って、黙っていられなかっただけ。助けてあげた、なんて感覚は久瀬の中にない。

おまけに晴琉の告白に対して返した言葉は「興味ない」だ。あれがどれほどひどい返答なのかくらいは久瀬も分かっている。彼に好意を持たれたいとは思っていないから、そのままの気持ちを吐露《とろ》したままでだった。

好かれるようなことを何ひとつしていないのだから、晴琉の想いが理解できない。たんに容姿に対する『好き』ならば、中身を知られてそのうち幻滅《げんめつ》されるに決まっている。これまでに久瀬の前に現れた女性たちのように。

——人に対する『好き』は簡単に『きらい』に変わるだろ。

子孫を残す残さないに関係なく。婚姻《こんいん》関係のあるなしも、もちろん性別にも依《よ》らない。きのう好きだと言っていたものがくるりと裏返される、あっけない愛情の移ろいの瞬間を見るたびに、久瀬は「ほらね」と思う。それが利己的《りこてき》な自分のせいであっても、人の心変わりの早さをあっさりと証明された気がして、そして最後はちょっと安心するのだ。欲しがるわりにすぐいらなくなる、そんなやつに心を奪われなくてよかったと。

——色恋に振り回されるなんて、ばかばかしい。

だけど映画は、百年経っても当時の映像がそこに変わらずあり続けて裏切らない。晴れの日も雨の日も同じに心をなでてくれて、久瀬の胸を躍《おど》らせてくれる。

「久瀬くんってさ、恋愛映画ってあんまりチョイスしないよね」

ブルーレイディスクケースの裏カードを見ながらの晴琉の問いかけに、久瀬は棚にずらりと並んだコレクションを眺めて「……ああ」と答えた。

だって、興味がないからだ。

■ 久瀬くん断ち作戦 ■

ランチプレートをテーブルに置いて席についた途端、晴琉《はる》のゲイ友であり同僚の高木有朔《たかきゆうさく》は、目を瞑《つぶ》って唸《うな》り、蟀谷《こめかみ》の辺りをかしかしと掻《か》いた。

有朔と出会ったのは入社後の新人研修のときで、そのときもしょっぱなに晴琉がカミングアウトしたからできたゲイ友だ。以降、お互いの恋愛や仕事の悩み、いろんなことを相談したり、されたりする間柄になっている。

「それで土曜日はけっきょく、そのちゃんと見たこともない映画の特典映像を鑑賞するのに延々八時間もつきあって、で、帰ったわけ?」

「連泊はさすがに迷惑そうだったから」

明るい口調で晴琉が返した答えに、有朔はぐったりとうなだれた。

「知らない映画の未公開シーンなんて見せられて何がおもしろいの? ……って思うけど、それでも久瀬《くぜ》さんと一緒にいたいってわけだよね、知ってる」

問いかけたくせに自ら答えを導き出して、有朔はため息まじりにひとりで納得している。でも、正解だから晴琉も否定しない。

「また晴琉がごはん作ってやったりしたの? 久瀬さんがその映画見てる間に」

有朔は眉間に縦皺を刻み、苦々しい顔をしながらも、久瀬と過ごした週末について晴琉の話を聞きたがる。晴琉の恋愛不成就《ふじょうじゅ》っぷりが心配で、どうしても気になるらしい。

「僕は普通におなかすくし、久瀬くんは放っておくと食べずに見続けるから」

久瀬は食に対する欲もない。なので基本、外食しない。悩むのが面倒な久瀬は、社食では定食のAとBを見て、どちらもそそられなかったら『かき揚《あ》げ天ぷらそば』一択《いったく》。よって、三日連続でそば、もあり得ることだったりする。

「お泊まりしてごはん作ってやってって……何、もしかしてどうにかなっちゃってんの？」

「どうもなってないよ。そんなことで僕に対するポイントが上がるような人でもないし」

彼から見返りが欲しくてやっているわけじゃない。自分が作ったごはんを食べる久瀬を見るのが好きなのだ。「おいしいよ」なんて一回も言われたことはないが、ぜんぶ食べてくれる。それだけでもう感動するし、嬉しいし、充分しあわせなのだ。

有朔は「あぁ……本当は俺だって晴琉の恋を応援したいのに」と今度はため息をついた。爽《さわ》やかスポーツ青年というかんじの端整な顔立ちが、さっきからずっとしかめっ面だ。

「久瀬さん、大学んときからぜんぜん変わってないよ。適当〜につきあって、すぐ面倒くさくなって、相手が去るまで知らん顔。これから十年経っても、きっとあのまんまだ。晴琉が泣かされる限界までただ黙って見守るしかないなんて、友だちとして俺はつらいよ」

有朔は大学時代の久瀬を知っている。久瀬の彼女の後輩だったからだ。

彼女と有朔は同じサークルに所属し、わりあいに親しかったとのことで、久瀬に対する愚痴《ぐち》をさんざん聞かされていたらしい。物事にきっちり白黒つけるタイプの有朔からすると、常にグレーで生きている久瀬のような男は「誠意がない証拠」ととりわけ信用ならないようだ。

「この話は前もしたけど、久瀬さん、街で待ちあわせした自分の彼女と間違って別人と話し込んでたって。どんだけ相手に対して興味ないんだ、って話だよ。二ヵ月つきあってそんなだよ。そういうとこ今も変わってない」

大学時代の久瀬の最長交際期間は二ヵ月だそうだが、「彼女のがんばりによって無理やりひっぱっただけの二ヵ月で、正味ひと月分もない」とのことだった。

当時も今も、いやけがさした女の子のほうから離れるのが普通で、一年も久瀬にぶらさがっている晴琉など、久瀬の過去を知る有朔からするとちょっとした変態扱いだ。

「もう充分じゃね？　久瀬さんとつきあってるわけじゃないんだから、もっとほかに目ぇ向けて、新しい出会いを積極的に探すとか。そしたら、いい人見つかるかもじゃん」

充分――気持ちに目盛《めも》りでもあれば、それを判断できるだろうに。

でも、心がそれを「いやだ」と拒絶する。

「有朔が言うことも頭では分かるんだけど、久瀬くんといられるだけでしあわせなんだ。もういいやって、まだ思えない。そう思うまでは、好きでいたいし、ほかはいらない」

自分の気持ちも裏切らなきゃいけないし、間に合わせの人に対して失礼だと思うのだ。

「けど一年以上も膠着《こうちゃく》状態が続いていたら、なんか天地ひっくり返るくらいの事件でもないと、現状のまんま動かなくない？」

有朔の指摘はもっともだ。毎日毎週、似たようなことばかりしているから、久瀬からすると晴琉に対する新鮮味も驚きも今は感じていないはずだ。恋愛対象ではなく、ただの男友だちになってしまっている。

「正直、手詰まり感あるんだろ？　押しても駄目ならあとは引くくらいしか」

具体的に想像できなくて、晴琉は抑揚《よくよう》なく「引く」と有朔の言葉をただ繰り返した。

「久瀬さんに毎日絡むのを、晴琉がぱたっとやめてみる、とかな」

一年以上もターゲットしか見えない猪《いのしし》みたいに追っかけて、そんな古典的な方法でどうにかなるものだろうか？　とうとうあきらめたか、と思われそうだ。

「引いたらそこで終わりそう」

「だから、そこで終わるならそれまでなんだよ」

つまり有朔は、久瀬の気を惹くためというより、実のならない恋に自らエンドマークをつけて次へ行けばいい、と言っているのだ。

今までは『引いてみる』なんて考えもしなかった。

久瀬がどういう反応なのかは予想がつくけれど、晴琉はそんなふうに引いてみた自分がどうなるのかを、知りたい気がした。

かくして、とりあえず翌日のランチは久瀬の横を素通りして、朝の通勤時に目星をつけておいた雰囲気のいいカフェに入り、ひとりでゆったりすごした。

それから午後の仕事を終えたら、ほかの人たちに向けるのと同じに「お疲れさまでしたー」と声をかけてオフィスを出る。

翌日も、翌々日も、そんなふうにすごした。

さらにその次の日は有朔を誘って社食でランチをとった。久瀬と会うかもしれないが、気付いたら彼は何か反応するだろうか――と考えるとちょっとどきどきする。

「久瀬さん、どんな様子だよ」

興味津々《しんしん》な有朔がどういう答えを期待しているのか想像できて、苦笑いしてしまう。

「べつに何も。当たり前なんだけど、いくら同じ部でも、グループが違うから数日くらい話さないのは普通なんだなって」

何かのプロジェクトでも動いていれば、ミーティングなどでかかわる機会も増えるが。

「あ、久瀬さんみっけ」

有朔のつぶやきで、晴琉は異様にどきっとした。「晴琉の三列後方、二時の方向に座った」なんて戦争映画の兵士みたいな情報をくれるから笑ってしまう。

「久瀬さん、晴琉に気付いてるかな」

「たぶん周りを見てないよ。空《あ》いてる席にだけ視線が集中するタイプだと思う」

晴琉の返しに有朔が「あぁ……」と苦笑いした。

こちらを窺《うかが》うような、久瀬からのメールやLINEは来ない。これまでも一度だってあっちから来たことがない。いつも晴琉の誘いに「いいよ」とか「残業だからむり」とか簡単な返事があるのみで、久瀬のLINEだけスタンプ機能がないのかと思うほどそっけないのだ。

晴琉が久瀬のツイッターをチェックしたところによると、目下《もっか》あのコンプリートボックスを消化するのが日課の様子。毎日退社後はそれで忙しいのだろう。

一週間がすぎ、二週間がすぎ。久瀬とふたりきりで会わない週末が二回巡った。

近くで久瀬の声すら聞けない日々が続いて、だんだん『久瀬くん不足』が深刻になってくる。撮りためたスマホの『久瀬くんアルバム』で凌《しの》ぐしかない。

それでも我慢できずに、久瀬の姿を遠くから眺めたり、パソコンの画面と画面の隙間からちょろっと覗いてみたり。完全に我慢したら心が病みそうなので、まるで砂漠を歩く旅人が、水筒の水の一滴一滴で喉を潤《うるお》すみたいに、限界地点ぎりぎりで『久瀬くん』を摂取《せっしゅ》する。

そんな『久瀬くん断ち作戦』も十七日目となる金曜日。

有朔も忙しそうで、今日は社食でぼっち飯かなとあきらめて、晴琉はランチプレートを手に窓際の席についた。

有明《ありあけ》ベースと違って新橋《しんばし》はビルとビルが近く、景色というほどのものはない。

——久瀬くん。予想どおりの結果すぎてすごい。

とくに期限を設《もう》けずに始めてしまって、自分でも引っ込みがつかなくなってきた。あまりにもなんの反応もなく、本当に何もかもが終わってしまう気がする。

有朔の「ほかに目を向けて」とのアドバイスが、ふと脳裏をよぎった。

——二丁目辺りのバーを検索してみる……とか。

そう思ってスマホのブラウザを立ち上げてみても、頭の中はしんと静かだ。

検索ワードを入力するカーソルがただ点滅している。

心に小波《さざなみ》さえ立たず「うーん」と唸ったとき、向かいの席にトレーを置く音がして、晴琉は顔を上げてぎょっとした。

——くくくくく久瀬くっ……！

心臓が熱く爆《は》ぜる。オーバーヒートを起こした晴琉の全機能が、途端に緊急停止した。

晴琉が硬直していると、久瀬は何も言わずにそこに座る。一度とまった心臓が、今度は尋常でない強さと速さで動き出した。

突然、濃度の高い『久瀬くん』を浴びて、晴琉は呼吸もできず、今にも窒息《ちっそく》しそうだ。

何か話しかけられるかと思って相手の出方を待つも、久瀬は無言でA定食を食べ始めた。

——も、も、も、もしかして、僕のこと見えてない？

あり得る。空席しか見ていない久瀬龍之介《りゅうのすけ》ならあり得ることだ。

——でも、ほかにも空いてる席あるし。まさか、み……見つけて、来てくれた？

久瀬は晴琉のうしろ姿で気付いてくれたのだろうか。

ぼんやりとしたまま、晴琉は目の前一メートルほどの距離にいる久瀬にただただ見とれた。

久瀬は姿勢がいいし、意外と（というと失礼だけど）食べ方も綺麗だ。碗と箸《はし》を持つ久瀬の骨張った手指にもきゅんとする。たとえばパーツだけ示されても久瀬を見分ける自信があるくらい、晴琉は一年と二ヵ月余り、彼だけを見てきた。

「おまえさ」

久瀬の口が動いているのを、ぽかんとした顔で眺めてしまう。

——え？　僕に話しかけてる？

ひさしぶりに聞く久瀬の『おまえ』呼び。有朔は「人のこと『おまえ』なんて、その感覚がもう、ナシだね」と眉を顰めるが、晴琉はだいぶ親しい間柄ゆえの呼称だと好意的に捉《とら》えている。さらに、まるで彼に所有されているかのように感じられ、もはや甘美ですらあるのだ。

——おまえ、って呼ばれるようになったの、二回目のお泊まりのときだったっけ。おい、とか呼ばれるのも嫁《よめ》っぽくて好きなんだよなぁ……。

すると、久瀬は晴琉と目を合わせ、「おい」と声をかけてきた。よく見ると怪訝《けげん》な表情だ。

「聞いてる？」

「え？　僕、ですか」

すると久瀬が一瞬苛立《いらだ》った顔をした。小さく「なんだその敬語」とぼやいて、眉間に皺を寄せたまままみそ汁を啜っている。

久瀬と話すのが久しぶりすぎて思わず敬語が出てしまったけれど、これまでさんざんなれなれしくしておいて、たしかに相当感じが悪い。

「あ、いや、……ちょっと考え事してて」

そんなふうに晴琉がごまかすと、久瀬はちらっと晴琉のほうに視線を戻して「ふぅん」と短い相槌《あいづち》をくれた。

ぎくしゃくとした空気が残る中、久瀬は小鉢《こばち》の煮物のにんじんを別の皿によけている。久瀬は加熱されたにんじんがきらいなのだ。きらう人に限って多めに入っている。

久瀬によって邪険にされるにんじんに、晴琉が自分を投影しそうになったとき。

「先週も先々週もうちに来なかったけど今週も来ねーの？」

久瀬が早口だったので、彼の言葉をもう一度頭の中で反芻《はんすう》してから、晴琉は「えっ!?」と悲鳴のような声を上げた。

もしかして、ちょっとは「どうしたんだよ。なんで来ないんだよ」くらいは考えてくれたの

だろうか。

「……えっ？　ええっ？」

晴琉がなんども訊くと、久瀬の眉間の皺が雪渓《せっけい》のクレバスみたいに深くなる。

だから晴琉は慌てた。赤くなって青くなった。

「あわ、あ、や、行く！　行きます！　行くよ！　今週は行くつもりだったし！」

——こんなの我慢できるわけないじゃん神様！

変なテンションで同じ言葉を重ねたせいで、依然として久瀬の表情から険《けわ》しさが消えない。

「こ、このところ、いろいろと忙しくて、さ〜」

晴琉のなんの捻りもない言い訳を聞いて、久瀬の眉間のクレバスがさらに増えた。

なんだそのクソみたいな弁解、とでも言いたそうに、今度は俯瞰《ふかん》で睨《ね》められている……と感じるのは、こちらが『久瀬くん断ち作戦』なんて企《たくら》んでいたからだろうか。

無計画に言い訳を捏《こ》ねたら、貧弱な嘘が露呈《ろてい》しそうで黙るしかない。

しばらくすると久瀬は「……そうかよ」と短く返して、また無言で食べ始め、晴琉も気まずさから逃げるように箸を手に取った。そんな晴琉の前で久瀬が短くため息をつく。

「急に、来なくなるから。昼も」

——ランチになんで誘わないんだよ、ってこと？　待ってたってこと？　それが痺《しび》れを切らしてとうとう自分から来たってこと？　そういうことですかっ？

もう、自分が何を口の中に入れているのか分からない。久瀬がくれる言葉以外は、もはや無味無臭《むしゅう》の発泡《はっぽう》スチロールにでもなってしまった気がする。

久瀬がぼそぼそとこぼした言葉に何か返したいのに、声をなくしたみたいに出てこない。からからに渇いた喉に、自分の心の塊《かたまり》が詰まっているようだ。

胸が絞《しぼ》られて苦しい。勝手に久瀬の想いを期待してしまいそうになる。

「あれっ？　て思うだろ、普通に」

「…………」

――普通に。普通に、ですよね……。でも、「あれっ？」って思うんだ、久瀬くんも。

会いたかったとか捜したんだぞと言われたわけではない。そりゃあ一年以上追いかけ回されて、それが急に途切れれば、恋心なんてなくても「どうしたんだろ」くらい考えるだろう。

でも、目の前から消えてせいせいした、と思ってたら、きっとこんなふうには来てくれない。

少なくとも彼の中に、成末晴琉という人間はちゃんといた。

それだけなのに、もう、嬉しくて泣きそうだ。

全身から今にも想いが溢れ出しそうで、でもここは社食だし、と晴琉は奥歯をぐっと噛んだ。

少しでも口を開くと、唇が震える。だけどもう、とめられない。

「今日、久瀬くんち行っていい？」

晴琉の唐突な申し出に久瀬が「今日？」と顔を顰めて続けた。

「今日中に片付けておかないといけない仕事があって。けっこう遅くなる」

久瀬に断られそうな雰囲気を蹴散らすように、「日付超える?」と食い気味に訊く。

「いや、そこまでは。でも二十三時頃になるかも」

「待つよ」

待ちたいのだ。さんざん避けておいて、今はもう、久瀬の傍に行きたくてたまらない。一緒のベッドで寝られるなら日付を超えても待つ気でいたから、最初から意味のない問いだった。

——どうしよう。前よりめちゃめちゃ好きになっちゃってんじゃん!

久瀬が「ああ」とそっけなく答えてくれる。いつもどおりだ。

絵に描いたような、『ミイラ取りがミイラになる』だなと思いながら、晴琉は久瀬に向かってやっとにこりと笑った。


押して押して押しまくったあといきなり引いたら、まさかの効果アリ——そう解釈してもいいんじゃないだろうか。ほんのちょっとだけど。

「一年と二ヵ月あきらめることなく、久瀬さんのケツを追いかけ回したから、なのか?」

作戦を提案した有朔も呆気《あっけ》にとられている。

仕事が終わるのは二十三時頃だと久瀬が言っていたので、有朔に今日の社食での件の報告も兼ね、会社の近くの居酒屋でほんの少しつきあってもらうことにした。晴琉は久瀬待ちなので、ノンアルコールカクテルを飲んでいる。

週末の金曜日で、周りはスーツ姿のサラリーマンや、女性たちでいっぱいだ。

「あぁ～、これでますます晴琉の気持ちが久瀬さんへ……！」

有朔の憂慮《ゆうりょ》はすでに手遅れだ。

「もうあと十年くらいかかってもいいや。久瀬くん、今のところ女の子とつきあう気なさそうだし。久瀬くんの周りに人っ子ひとりいないってところまで僕がついていってって、崖《がけ》っぷちに追い込んだところで、『この先も一生、久瀬くんの傍にいさせて』って口説いてみようかな～」

毒々しいお花畑を駆ける夢見る粘着ゲイの発言に、有朔は震え上がっている。

「ていうか十年後って久瀬さんまだ四十歳じゃん？　周りの四十男を見てみろよ。四十なんて現役じゃん！　もうあと二十年くらいがんばらないと手に入らないかもだぞ？」

「二十年……。そのときしあわせなら、それでもいいんじゃないかな」

ほのぼのと述べると、有朔は「あああ」と頭を抱えた。

「残酷《ざんこく》なことわざわざ言いたくないけど、目ぇ逸《そ》らしてそうだからあえて言う。あっちは晴琉をしあわせにしてあげたいとはミジンコほども思ってないぞ。そこ大事！」

「でも自分がミジンコだったら、しあわせいっぱいになれるってことだよな～」

「あのねぇ、晴琉はみじん切りにされてもミジンコにはなれないんだよ?」

「……だじゃれ?」

有朔が「晴琉ー」と半眼になっている。

「ご、ごめん、そこ気になっちゃって」

完全に久瀬にノックアウトされている晴琉が「へへ」と笑うと、有朔が「もっと大事なトコ気にしてお願い」と目頭《めがしら》を押さえた。

■ 晴琉が消えた十七日間 ■

七十六分の映画が終わり、印象的なシーンを振り返るようなエンドロールが始まった。久瀬《くぜ》のとなりで鼻歌を歌っている晴琉《はる》を横目で見て、あれはなんだったんだろうか、と晴琉の存在が久瀬の前から消えた十七日間のことを考える。

最初の一日、二日くらいは、なんとも思わなかった。

なんかあいつがいないことが多いな、と金曜になってふと考えたタイミングで高木有朔《たかきゆうさく》と一緒にランチ中の晴琉を見たが、それも気にとめなかった。

会社帰りに時間が合わない日は多い。しかし週末ごとに「久瀬くん、あした暇？　日曜も暇？」などと、何がなくても訊いてくる晴琉が、まったく寄りついてこなかったのに気付いたのが金曜の夜だった。

週末にひとり。気楽だ。上司や同僚に紹介されてとか、魔が差してとかで女性とのデートの予定を入れてしまった日には、そのノルマを果たすまで憂鬱《ゆううつ》なものだったが。

おかげさまで一年くらいはデートもセックスもしていない。どっちもだるいし面倒くさい。

一週間がんばって働いて、ゆっくり気ままに過ごしたいのが週末だ。とりわけ、好きな映画に浸るのが至福のとき。

でも、晴琉がいるときも、久瀬は気楽だった。べつに気など遣うこともなかった。晴琉は来訪のお伺《うかが》いは立てるものの自分の都合のいい時間にしか来ないし、ずいぶんずうずうしかったから、寝床《ねどこ》を半分以上奪われていたくらいで。

翌週も晴琉の気配が久瀬の周りにない中ですごし、二度目の週末も終わった頃。人の機微《きび》に鈍感《どんかん》で無頓着《むとんちゃく》な久瀬もさすがに、もしかして避けられているのではないかと考えた。

なんで俺があいつに避けられなきゃならないんだよ。おまえが俺を好きだって言ったんだろ――という傲慢《ごうまん》さからくる苛立ちを覚えた。

晴琉の行動の不可解さにもやもやしたものを感じつつ、久瀬はそれを深く探ろうとはせずに「勝手なやつ」と自分自身を棚《たな》に上げてひとり毒づいていた。

かと思えば、晴琉のじとっとした視線に気付くこともあった。文句があるなら言えばいいのに、パソコンの隙間からこそこそ覗かれている意味がまったく分からない。

もやもやといらいら。その週の金曜日、先に痺《しび》れを切らしたのは久瀬だった。

社食でぼっちランチの晴琉を見つけて、久瀬が目の前に座った瞬間の、晴琉の顔を思い出す。くるりと目を見開いて、頬を紅潮させて――あれっ……こいつこんな顔だったっけ、とあのとき久瀬は内心で少し焦《あせ》っていた。

ダークカラーのマッシュヘアーで、前髪から覗く目が「ご主人さまだ！　わふわふっ」と飛びつく勢いでやたらなついてくる中型犬のそれっぽい。

はじめて晴琉の顔を、姿を、久瀬はちゃんと意識して見た気がした。

晴琉の眸は一瞬で涙目になり、水飴《みずあめ》でくるんだみたいにとろりと濡れていた。

眸というのはとても複雑に雄弁に、その人の感情を映《うつ》し出《だ》す。そこに溢れていたのは、恐れ、愛《いつく》しみ、焦り。羞恥《しゅうち》も含んでいるように久瀬は感じた。そんな熱をこめた表情で、じっと仔細《しさい》に見つめられて。

――こいつ、俺のことをどうしたいんだろ。

晴琉を見れば見るほど、何を求められているのか分からない、と思った。

久瀬は女の子との恋愛でさえまともに経験していない。だから尚更《なおさら》、ゲイとの恋愛なんて考えたこともなく、理解の範疇《はんちゅう》というか、想像の域《いき》を超えているのだ。

――そんな顔で見てくるくせに。なんで俺は無視されてたんだ？

どうして？　とは訊けない。知りたがってる、と思われたくなかった。

晴琉があの十七日間に、何か実験でもしていたのかはよく分からない。久瀬にとっては謎《なぞ》のままだが晴琉は気がすんだらしく、それ以降は以前にも増して久瀬にべったりになった。

金曜、土曜の夜も連泊。晴琉が久瀬の部屋に現れる頻度《ひんど》があきらかに上がっている。

「あ、今日は帰れよ。あした、親と妹が来るから」

映画のエンドロールを眺めながら久瀬が言うと、晴琉は目を大きくして「えっ、妹さん？久瀬くんに似てる？」と食いついてきた。

「……何おまえ、まさか狙ってんの？」

「僕、ゲイだよ」

「ゲイでも、可能性はあんじゃねーの。相手によっては」

自分に似ている女なら、もしかしてこいつは好きになってしまうんじゃないだろうか、と思ったのだ。

もやもやしつつ、ちらっと晴琉のほうを一瞥《いちべつ》する。

普通に頭に浮かんだ疑問を訊いただけなのに、晴琉はなぜか嬉しそうにして、「気になる？」なんて質問で返してくるから、今度はちょっといらりとした。

「べつにそういうんじゃ……」

「久瀬くんに顔だけ似てても、好きにはならないよ。僕は、僕の目の前にいる久瀬くんのことが好きなんであって、そっくりの別人は久瀬くんじゃないから」

なぜだかどきっとした。熱烈な口説き文句だ。前はもっと単純に「好き」とだけ言われていた気がする。

——なんかこいつ、ちょっと変わった……？

晴琉が変わったのか、それとも、それを聞く自分の耳がおかしくなったのか。

そんなはずはないのに、社食で声をかけたあの日から、目の前にいるのは久瀬がそれまで見ていた晴琉じゃない気がする。そんなときは胸の辺りがかっとしたり、さっきみたいにはっとさせられる。

久瀬が何も返せずに沈黙していると、晴琉が最初の話題に戻した。

「きのう土日の予定を訊いたときは、なんもない、って言ってたじゃん」

「今朝《けさ》連絡があったんだ」

面倒くささもあらわな口調で返して見遣《みや》った時計は、もう二十三時半近い。今すぐ出れば終電に間に合うだろうけれど、こんな時間まで言うのを忘れていた自分にも非がある。

晴琉にじっと窺《うかが》われて、久瀬は短くため息をついた。

「親と妹、あしたの十一時頃うちに来るからそれまでに……」

「うん、分かった。じゃあ朝八時くらいに帰るよ」

久瀬の譲歩《じょうほ》に対して満足げに答え、しあわせそうな晴琉の横顔に、映像のブルーが映り込んでいる。青白い光は晴琉の頰をなでるようにゆらめいて、久瀬の胸にまた、あのもやもやするものが広がった。同時にうなじや首筋がざわつく。久瀬は不可解さに顔を顰めた。

なんとなく、艶《なま》めかしいものとか、見てはいけないものに対する焦りに似ている気がする。

晴琉がいてもいなくても、週末の過ごし方は何も変わらないはずなのに、胸がどきりと軋《きし》む瞬間が増え、久瀬はいつもそれに少し焦って、そこから目を逸《そ》らすのだった。

それから一週間経った土曜日、久瀬の前に包み袋が置かれて、「何」と問うと、晴琉が「プレゼント」と答えた。

週末になるとあいかわらず晴琉は久瀬のマンションで過ごし、ほぼそのまま泊まっていく。この日も昼くらいに来て、晴琉が買ってきたホットサンドを食べ、これからクリスマスをテーマにした映画を見ようとしていた。

プレゼントといわれても誕生日ではないし、祝い事もない。

「なんの」

「クリスマスの」

クリスマスは二週間以上先だ。どう解釈したらいいのか分からず、久瀬は沈黙した。

ダークグリーンのラッピングペーパーには、金色のリボンが飾られている。中身がなんなのかまったく想像できない。

久瀬のほうはクリスマスプレゼントを晴琉に贈るつもりなどなかった。男同士でプレゼント交換なんて、今言われるまで考えもしなかった。

「運よく手に入ったから、早く久瀬くんにあげたくてさ。あ、でも僕がこれをあげたからって、お返しとかは考えなくていいから」

そう言われても、貰《もら》いっぱなしというわけにはいかない。かといって、相手の好みも趣味も分からないのに、プレゼントを選ばなきゃならないのはなかなか重い課題だ。

どうしよう、と惑ううちに「開けていいよ」と包みを押しやられ、促《うなが》される。

晴琉からのプレゼントに対してなんの感慨《かんがい》もなくリボンをとき、久瀬は目を平時の一・五倍ほど大きくした。

アメコミ原作の人気シリーズで、その五作目の映画公開とシリーズ公開十周年を記念して限定制作された12インチのヒーローフィギュアだ。今年三月の発売時、久瀬はちょうど仕事が多忙で、気付いたときには完売していた。一万円ほどで売り出されたフィギュアは以降、未開封のものが一時期は三万円台まで高騰《こうとう》し、オークションでもなかなか出ない状況となっている。

ちょくちょくホビーショップを覗いてはチェックしていたから、店の中までついてきたことがある晴琉も久瀬がそれを探していたのは知っていたわけだが。

「え……これ……どうやって」

「ネットショップ見てて、たまたま。久瀬くんが前に『欲しい』って探してたから」

久瀬は眉を寄せた。たしかにそう言ったけれど、晴琉におねだりしたつもりはない。

晴琉は久瀬の戸惑いなど気にする様子はなく、にこやかだ。

――なんで？　意味分かんねぇよ。こんな高いもの気安く貰えるわけがない。

「払う。買い取る」

いくら考えても、貰うわけにはいかない。高騰していた頃よりは少し値段が落ち着いているのは知っているけれど、それでも会社の同僚へ個人的に贈るような金額のものじゃないはずだ。

「プレゼントだから」

「貰えないって。俺だってこんな不躾《ぶしつけ》なこと、ほんとは言いたくない」

「久瀬くん、それちょっと値段下がってたんだよ」

晴琉は食い下がってくる。たまたまというのが本当かどうかは別にして、せっかく見つけて贈ったものを拒絶されそうになって慌てているのが伝わる口調だ。

「親でも恋人でもないのに。学生時代の友だちにもこんなプレゼント貰ったことない」

じゃあ、自分たちの関係はいったいなんなんだろう？　――晴琉に言い返しながら、そんな茫洋《ぼうよう》とした疑問が浮かぶ。

「こういうの、ネットショップで見つけたなら、それを俺におしえてくれたらいいだろ」

言い方を気遣えない。焦りと、驚きと、いろんな感情がない交ぜになっている。

「う……、……そ、う、だよね」

晴琉がみるみる表情をなくし、しょぼんと肩を落とした。

傷つけたいわけじゃないのに――久瀬の中で、焦りばかりが重苦しく肥大《ひだい》していく。

「見つけてくれたのは……嬉しい」

人に向けてこれまで発したことのない『嬉しい』に、久瀬は異様な羞恥を覚えた。

久瀬が耳を熱くして声を絞り出すと、晴琉が顔を上げたから言葉を続ける。

「でもこういうのは……ちゃんと自分で買いたい。うまく言えないけど……迷惑ってことじゃなくて、だめだと思う」

高価なものを当たり前にプレゼントされるような、そういう関係になりたいわけじゃない。

久瀬のたどたどしい弁解でも、晴琉はやや安堵《あんど》の表情を見せた。だけどプレゼントを「ありがとう」と受け取ってもらえなかった事実は彼の中に残る。

――じゃあなんだ？　どんな関係なんだよ？　俺はどうしたいんだ？

胸にもやもやが広がる。ひどくもどかしい。今の言い方でよかったとも思えない。自分が感じていることや、わだかまっているものを、正確なかたちにしてはきだせないから苦しい。

――こういう『モノ』で繋《つな》ぎたいんじゃない。こんなふうに繋がれたくない。

そのとき、パズルのパーツがひとつだけ嵌《は》まったような、そんな感覚が久瀬の中に湧いた。欲しいもの、金目のもの、そういう『モノ』で懐柔《かいじゅう》できる相手だと、久瀬は晴琉に思わせたくないのだ。

「……うん。分かった。じゃあ、これは僕が久瀬くんに頼まれて、買ってきたってことにする」

晴琉は明るい調子で、笑顔で、そう締めくくった。

――親でも恋人でもない。じゃあ友だちなのか？

少なくとも、晴琉は久瀬のことを友だちとは思っていないのだ。何度も「好き」だと言われて分かっていたつもりで、強烈な光から目を逸らすようにしていた。今更それを、久瀬はようやく強く意識した。

恋の重さの分だけ、気安く受け取れないほど高価な贈りもの。

晴琉の気持ちが以前にも増して膨《ふく》らんでいるのに気付きながら、見て見ぬふりをしていた。

応える気がないくせに、踏み込んでくる晴琉を放っておいたのは自分だ。

相手が去るのをただ待つだけだった久瀬にとって、なんの予備知識もなく明確な答えなどない課題を突きつけられた気分だった。


高額フィギュアの一件があり、その週明けの月曜日、二十二時近くに仕事が終わって退社しようかというタイミングで、久瀬は高木有朔に「話す時間ありますか」と呼びとめられた。

一階のロビーでいいと言うので、パーティションで区切られただけの簡易ミーティングスペースでふたりは向きあった。

高木が晴琉と一緒にいるところをよく見るけれど、今目の前にいる男はそんなときのにこやかな表情とはまるきり違う。

「手短に話します。久瀬さんは晴琉のこと、どう思ってるんですか」

驚くほど単刀直入だが、死ぬほど面倒くさい質問だ。女性からの「どうして怒ってるか分かる？」と同じで、なんと答えようがますます怒らせるだけの地獄《じごく》のクイズを彷彿《ほうふつ》とさせる。

高木は、久瀬の大学時代の、彼女の後輩だった。この会社で再会したとき、久瀬は彼の顔を見ても「ああ、あのときの」とすらならなかった。ただ、当時彼女が恋愛相談の名目で愚痴をこぼしている後輩の男がいたのはなんとなく覚えていた。

だから、高木がこんなふうに嫌悪感丸出しの顔でいる理由は察せられる。でも、どっちの件にしてもおまえは関係ねぇだろ、というのが久瀬の本音だ。

そんな感情を隠しもせず、久瀬は薄い笑いまじりに「ふぅ」とため息をついた。

「なんでそれを高木が訊くの」

「晴琉は訊けないから。訊いたら終わるって、ほんとは心のどこかでは分かってるからです。自分でエンドマークがつけられない。まだ希望があるかもって夢見てる」

「あいつに頼まれたわけじゃないのに？」

「大切に想う友だちがどんどん道踏み外してって、大けがするのを黙って見ていられないんで」

晴琉に言っても効き目がないから、こっちに来た、というわけだろうか。

――友情やら正義感からだとしても、そういうのは『お節介』っていうんじゃねぇの？

高木は例のクリスマスプレゼントについて知っているらしく、その結果を今日晴琉から聞いたのだと言った。

「晴琉の気持ちに応える気がないなら、少しでも晴琉のことをかわいい後輩だと想う気持ちがあるなら、もう、ちゃんとふってやってください」

なんでそれをおまえに言われなきゃならないんだよ、という気持ち半分、正論だとも思う。クリスマスプレゼントの一件があって、久瀬自身、応える気もないくせに晴琉を放置していることに対して、はじめて罪悪感《ざいあくかん》を覚えたからだ。

久瀬が無言でいると、高木は少し悲しげな顔をした。

「あなたのことだから、何も考えずにプレゼントを受け取るんだろって思ってた。でも久瀬さんは受け取らなかったって晴琉から聞いて、俺、なんか分かりました。あなたはそのときはじめて、晴琉の想いについて真剣に考えたんじゃないですか？」

高木がまっすぐ射るようにこちらを睨《にら》むので、久瀬もそこから目を逸らさないでいる。

「だって、興味がないから。晴琉の気持ちの重さを、今まで一度だってちゃんと考えたことなかったんだ。金額イコール人の気持ちの大きさってわけじゃないけど、久瀬さんはその数字の大きさにびっくりしたんですよね？　数値化されないと人の気持ちも測《はか》れないんだから、久瀬さんって根っからのエンジニアなんだなって」

「おまえ、言いたい放題だな」

そう返したものの、胸にずきっときた。たしかに久瀬はあのとき、『晴琉の想い』というそれまではぼんやりしていたものが、カタチとなって突きつけられた気がしたのだ。

「もう一年と三ヵ月も、人の気持ちを適当に扱ってる男に腹が立つんです」

そんなこといちいちおまえに言われなくても分かってる――そう抗論したい一方で、じゃあ晴琉をさっさと切らない自分はいったい何をしたいのか、という自責の念にも駆られる。

「今までの彼女さんたちみたいに、いつかあきらめて去ってくれるのを待つんですか。久瀬さんからしたら、あきらめない晴琉の勝手ってことですか」

相手の勝手。たしかにそう思っていた。最初に「興味ない」と伝えた上で、晴琉の気持ちに応える義務はないと思っていたのだ。

「晴琉、ほんとにますます久瀬さんのことしか見えてなくて。そんなんで、貢《みつ》ぐみたいなこと始めたらいけないと思う。本人はもちろんそんなつもりなかったんだろうけど。とりあえず、それを久瀬さんがとめてくれたのは、よかったなって」

友だちの言葉もまともに耳に入らないくらい、自分のいったい何を好きだと想ってくれているのか分からない。

「もう黙って見てられなくて、失礼を承知で言わせてもらいました。帰り際にひきとめて、すみませんでした」

高木は言うだけ言って、ブースから出て行った。

ため息もなく、久瀬の視線はテーブルに落ちているものの、その目には何も映っていない。

しんと静まり返ったロビーに久瀬はひとり残り、ずいぶん長い間、そこから動けなかった。

■　久瀬くんの返信　■

久瀬《くぜ》くんに避けられてる——そのことが決定的になったのは金曜の夜だった。

月曜まではいつものように一緒にランチをしたけれど、翌火曜日、久瀬の態度がよそよそしくなり、社食で気付かないふりをされた気がしたのが最初。

以降、食事どころか話もできない日が続いたので、木曜に晴琉《はる》が夕飯に誘うと「いや……ごめん」と断られた。具体的な理由もなく、そんなふうに返されたのははじめてだった。

いやな予感でいっぱいになりながら、金曜の仕事上がりに「クリスマスは予定ある？」と久瀬に訊《たず》ねた。しかしこのとき久瀬は一瞬何か言いたそうにためらったものの、晴琉を置いて無言で立ち去ったのだ。

その場で崩れてしまいそうなくらいにショックだった。

暗い気分をひきずったまま週が明け、久瀬と業務上の会話以外はなく日々をすごして、金曜日の社食でのランチタイム。

久瀬は晴琉の真横を通りすぎて別のテーブルについた。一緒に食事をするつもりはない、とのあきらかな意思表示に血の気が引く。箸を持つ手が動かない。

——久瀬くん、あのプレゼントのことでやっぱすごく気ぃ悪くしたんだ……。

だって、ほかに思い当たるような出来事はないからだ。

久瀬はあのプレゼントで、晴琉の想いの重さを強く実感したのかもしれない。

彼が晴琉の気持ちを受けとめるつもりはないと頭で分かっていたのに、『久瀬くん断ち』をしたあの十七日間以降、浮かれすぎていた自覚はある。

――きっと喜んでくれる、なんて思っちゃって。久瀬くんの恋人でもないのに。

最初に「興味ない」と告げられて、それでも久瀬にぶら下がっていたのは晴琉だ。それをやめろと言うでもなく許してくれていた、というだけだったのに。

そんな気など毛頭《もうとう》なかった久瀬はこうして大きく距離を取り、あとはゆっくりとフェードアウトするのを待つつもりなのかもしれない。これまで彼の周囲にいた女性たちに対して、そうしてきたように。

久瀬は、晴琉の視線のだいぶ先の方にいる。

こちらから様子を窺っていると、女性社員に声をかけられ、その人がとなりに座った。

彼の態度はいつもどおりだ。綺麗な女性が横に来たからといって、とくににこやかにするわけではないし、あいかわらずの愛想のなさ。でも彼女はそんな久瀬に笑いかけて何か話をし、それに久瀬も答えながら食事をしている。

久瀬は『観賞用』と噂《うわさ》されているけれど、これまでも果敢《かかん》に挑む女性がまったくいなかったわけじゃない。難攻不落だった、というだけで、久瀬さえその気になれば……。

「晴琉ー」

こつんと頭を小突かれ、顔を上げたら立っていたのは有朔《ゆうさく》だった。そのまま晴琉のとなりに座る。

「もう、やめたほうがいいよ」

有朔が何について助言しているのか、具体的な言葉にされなくても伝わった。

「あの人は、自分から終わりだって言ってやる義理すらない、って思ってるような人だよ」

では、はっきりとした決定打もなく、いつ燃え尽きるとも分からないキャンドルの火を眺めるみたいに、恋が消滅するのをただじっと待たなければならないのだろうか。

心臓も胃も、自分の身すべてが捩《よじ》れる心地がして苦しい。

「どこで、気持ちに区切りつけたらいいか分かんない」

「晴琉……」

晴琉の力ないつぶやきに、有朔が悲痛な面持《おもも》ちで長いため息をついた。


社食で久瀬に無視されたその日、業務を終えてオフィスを出ると、ベンダーが設置されている休憩《きゅうけい》スペースで何かじっと考え込むようにして椅子に座っている有朔を見つけた。

「有朔、まだ帰んない？」

少し離れたところから声をかけると、晴琉と目が合った瞬間に有朔が慌てたそぶりで「帰るよ」と立ち上がる。なのにそこから動かない。なんだか様子が変な気がして、晴琉から有朔のもとへ歩み寄った。

「……どうした？　なんかあった？」

「……晴琉……あの……」

しかし有朔はなかなか話し出さない。唇をきゅっと引き結んで、苦しげな相貌《そうぼう》だ。

そのとき、晴琉の上着のポケットの中で通知音が鳴った。でも今は有朔のほうが気になる。

有朔に「ＬＩＮＥ、鳴ったよ」と促されて、ひとまずスマホを取り出してみると、ロック画面に表示されたのは久瀬の名前だった。今度は晴琉がうろたえる番だ。

「久瀬くんからだ……！」

すると有朔まで一緒に「えっ！」と驚く。

久瀬くんからは何かの返信しかもらったことがないのに——今日の社食で自分の存在自体をないもののように扱われたことも忘れて、飛びつく勢いでトーク画面を開いた。

『お道具で一回だけなら。でもそれで痛めつけるとかはむりだから。』

「……？」

意味が分からなくて眉を寄せる。

「久瀬くん……、これなんの話だろ……誰かへの返信を間違ったのかな」

「なんっ、なんて書いてある？」

食い気味に内容を訊ねられるのを不思議に思ったものの、『久瀬とのことを案ずるあまり知りたがる』というのいつもの反応だろうと、有朔に文面を見せながらそれを読み上げた。

「——はっ……ええええっ!?　あ、わ、あの……ちょっ」

有朔のあまりの慌てぶりに晴琉はきょとんとしてしまい、しばしふたりは無言で対峙《たいじ》した。

「……もしかして、このメッセージの内容……有朔は何か分かるの？」

「分かっ……あああ……マジかよ……」

有朔が頭を抱えてもとの椅子に座り込んでしまったので、晴琉もとなりに腰掛けて彼の俯《うつむ》けた顔を覗いた。それで有朔にいきなり「ごめん」と謝られても、不可解すぎて言葉を返せない。

何に対する謝罪なのかと困惑のまま待っていると、有朔がおそるおそる顔を上げた。

「さっき一階のロビーで……久瀬さんに訊いたんだ。晴琉を無視して傷つけて、晴琉が諦めてくれるのをあなたは待つだけで、このまま放っておくつもりですかって」

内容を咀嚼《そしゃく》するのに数秒かかり、晴琉はようやく「え……ええっ？」と小さく叫んだ。有朔が何度も「勝手にごめん、ほんとにごめん」と謝ってくる。

「久瀬さんと晴琉の問題だし俺は黙ってたほうがいいって思ってたけど、晴琉が『どこで気持ちに区切りつけたらいいか分かんない』って、終わらせることも先に進むこともできずにいるのを、ただ見てるだけなんて……俺もう、たまんなくて」

「……うん、……有朔までヤな思いさせて、心配かけてごめん」

人前ではつとめて明るくしているつもりだけど、やっぱり何かの瞬間に『久瀬くんはもう傍にいることとさえ許してくれない。応えてくれない』という現実を突きつけられれば、晴琉だって見た目に分かるほど落ち込んでしまうのだ。だって本当に好きだったから。

「あっちに少しでも行動する気持ちがあったらこの一年三ヵ月の間にとっくに動いてくれてるはずで、久瀬さんのほうから晴琉にわざわざ引導を渡すような、そんな面倒なことしてくれるわけないと思って……それで俺、訊いちゃったんだ……」

もともと期待が持てるような状況ではないし、長い前置きに、すでに胸が拉《ひしゃ》げそうだ。

有朔からの問いかけに、けっきょく久瀬はなんと答えたのだろうか。

「でもやっぱ、あの人……ぜんぜん答えてくれなくて、それがほんとに腹立って」

予想どおりだけど、つまり、答える価値さえないと久瀬に言われているみたいだ。

そういう反応だろうと分かっていても、つらくて俯いてしまう。

有朔があらたまった顔つきでこちらへ身体を向け、「晴琉」と深刻そうな声で呼んだ。

「……それで、今の話には、つづきがあって」

そういえばまだ、久瀬からの謎のメッセージに繋がらない。

訳も分からず頷いて先を促すと、有朔がひとつ息をつき、話し始めた。

「久瀬さんのダンマリが無性に頭にきて。いつもみたいに知らん顔で晴琉の気持ちをスルーされるの、いいかげんむかつくっていうか、悔しくて、俺……つい……口から出任せで『一回えっちしてくれたら、あきらめるって晴琉が言ってる』って、嘘を」

「…………はい？」

「嘘を、ついてしまった……。久瀬さん、最初びっくりしたかんじで、『何言ってんだこいつ』って顔つきに変わって、だから、俺が『お道具でもいいから』って譲歩的《じょうほてき》につけ足して……」

「う、うん？　ま、待って。ちょっと頭に入ってこない。お道具？　お道具って……え？　もしかして、えっちなおもちゃってこっ……」

晴琉の確認に、有朔が怯《おび》え顔《がお》でこくりと頷いた。

つまり、「あきらめてやるかわりにお道具でもいいから一回えっちしてよ」と身の程知らずで脅迫《きょうはく》まがいな脅《おど》し文句で、晴琉が久瀬に求めたことになっている、ということか。

「ええええっ？」

ようやく理解して、晴琉は悲鳴みたいな声を上げた。

久瀬はゲイじゃない。だからこれまで晴琉は一度だって、久瀬に対して性的な触れ方はしなかったし、話題にも気を遣い、細心の注意を払ってきた。そういう生々《なまなま》しい部分で嫌悪感を抱かれでもしたら普通に会ってさえくれなくなると思っていたからだ。

晴琉は口を半開きのまま、「ほんとにごめん……！」とうなだれている有朔の顔をただ茫然と見てしまう。

「この一年三ヵ月、晴琉の気持ちを知った上でなぁなぁのつきあいを続けてた久瀬さんには、ちゃんと終わらせる責任くらいあるだろって思ったんだ。面倒くさくなったら、ただ逃げる。晴琉の好意を軽く見てるから、返答のひとつも出てこない。でもさすがに『してくれたらあきらめる』とまで言われて、男と恋愛する気がないなら、今度こそ『これからもつきあう気はない』ってちゃんと晴琉に告げて、終わらせてくれるだろうって……」

明確な恋の終わりじゃないと、晴琉は想いを断てない性格だから。

有朔の声がだんだん萎《しぼ》んでいくのと逆に、晴琉の心音はばくばくと大きくなっていく。

晴琉の言う『好き』に慣れすぎていた久瀬でも、突然の性的なお誘いはさぞ衝撃的だったことだろう。実際、今の今まで無視されていたのに、こうして久瀬から反応があったのだ。

久瀬からのメッセージに今一度目を向ける。

「『お道具で一回だけなら。』って書いてある……」

放心の面持《おもも》ちで読み上げる晴琉の肩を、有朔が強く摑んだ。

「お道具で一回だけならしてもいい、って、そんなこと言えちゃう人なんだよ。最後に情けをかけるつもりなのか知らないけど、晴琉がそれで満足すると本気で思ってるならばかにしてるし、ずいぶん上からだし、百年の恋も醒《さ》めるよな?」

つまり、ちゃんとふってくれるのを期待して吹っかけた嘘に、久瀬が『ＯＫ』と予想外の反応をしてしまったということらしい。

「……お道具……で……」

そこに引っかかるわけじゃないけれど、目にも刺激的な言葉をつい声に出してしまう。そんないまだ茫然とした心地から抜け出せずにいる晴琉に、有朔のほうは必死な様子だ。

「いくら相手が久瀬さんでも、久瀬さんだからこそ、ナイだろこんなの。だってほら、俺がつきあいだしたばかりの彼に、いきなりお道具使われそうになった話をしたとき、晴琉も『はじめて彼とえっちするのにいきなりお道具とかあり得ない』ってドン引きしたもんな?」

たしかにその話は覚えている。

恋人同士が同意の上で愉《たの》しむのなら、ふたりの勝手だしどうぞご自由に～だけど、遊戯《ゆうぎ》感覚で、もしくは「衛生的に、ねぇ……」というような理由なら白けるよなぁ、と。

今だって、『深い愛の伴《ともな》う行為』とは思えない。場合によっては屈辱《くつじょくてき》的ですらある。

「……なんで久瀬くん、OKしてるふうの返事……」

「だから、OKしてるふう、じゃなくて……OKってことなんだと思う。俺は久瀬さんに『そういう意味で晴琉と向き合うつもりはなくて、つきあえないなら、つきあえないってちゃんと晴琉に返事をしてください』って言って、下で別れたんだ」

それならばこれまでみたいに、答えを返す価値すらないと、知らん顔だってできたのに。

「晴琉のほうから『気持ちがない人となんてやっぱりいや』とでも言って、あんなひどい男、逆にふってやればいいよ」

OKしてきた久瀬を今度は返り討《う》ちにしてやればいい、と有朔は息巻いている。

「……有朔が咄嗟《とっさ》についた嘘だって、久瀬くんには喋《しゃべ》ってないよね」

「それは……まだ、うん。でも、あれは俺の嘘だったって、ちゃんと久瀬さんに話すから」

経緯《けいい》の全貌が明らかとなって、晴琉は両手で顔を覆った。

有朔が慌てて「変な嘘ついちゃって、ほんとごめん」と晴琉の背を優しくさする。

「……ごめん有朔。……僕は、ばかなのかもしれない」

「え？」

「久瀬くんが『一回だけお道具えっちしてもいい』って考えてくれたこと、超ラッキーとしか思えない」

晴琉が顔を上げると、有朔は蒼白になってぶるぶると首を振っている。

「だって僕どうせふられるんだよ。これから先、久瀬くんはもう僕とはぜったい会ってもくれないんだ。一生、彼は僕のものにはならない。だったらラッキーチャンスをみすみす逃してなるものか、だよ！」

有朔の前だから強がったわけではなく、本当に神様がくれたラッキーだと思う。

「晴琉、ほんとに、冷静に考えようよ。今のこの瞬間の感情だけじゃなくて、この先のこととか。同じ会社の、同じ部にいるんだし。最悪の場合、会社にいづらくなったりとかさ」

「さっきからちゃんと考えてる。会社辞めたりもしない。だから、あれは有朔がついた嘘だっていうのを、久瀬くんには黙っててほしいんだ」

晴琉にあきらめさせるためとはいえ、久瀬がどういうつもりで『してもいい』と思ったのか、その真意は分からない。久瀬のほうにはもともと晴琉への恋愛感情はないのだし、「そんなことできるわけない。二度と近寄らないでくれ」とその場で拒絶の言葉を伝言してもよかったのだ。

一年三ヵ月分の想いに免じてか、さすがに同情心が芽生えたのかもしれないが。

「でもむなしいだろ、そんなの」

「もうとっくに、むなしいよ」

晴琉が静かにそう答えると、有朔は唇を引き結んで顔を顰めた。

「好きって言っても、ぜったいに好きって返ってこない。それでも久瀬くんのこと好きだから、一緒にいられたら楽しかったし、しあわせだったんだよ。でも、一緒にいてさえくれないなら、ただつらいし、むなしいだけなんだ」

最初で最後とはいえ、久瀬にふれることができるというのは、晴琉にとって奇跡だ。手を伸ばせばそこにあるなら、彼がいいよと言ってくれるなら、欲しい。久瀬の何かの決意につけ込んででも、こんなチャンス一生ない、としか思えないのだ。

彼の心が伴わないことに切なさはあるが、悲しくはない。

久瀬が晴琉の想いに応えてなどくれないのはもう分かっている。
それなら。たった一度、彼の肌に触れられるよろこびのほうを取るだけだ。

■ 久瀬くんとのお道具えっち ■

今年があと五日で終わるという仕事納めの日。納会を終え、晴琉《はる》はすぐに会社を出た。久瀬《くぜ》との待ちあわせに指定したのは新宿《しんじゅく》だ。

スマホで時間を確認すると、ちょうど十九時。新宿駅東口を出たロータリーの中心にあるライオン広場は、これから忘年会と思《おぼ》しき人たちや若者らで溢れている。

晴琉は空いていた簡易ベンチに腰掛けた。

混雑するのは分かっていたけれど、ここを待ちあわせ場所にしたのは男同士でも入れるラブホテル街が近いから。今日のことのために、久瀬の部屋へは行けないと思った。もちろん、自宅にも。最後の思い出を部屋に残すと、それに囚われすぎてしまいそうだからだ。

今日にしたのは仕事納めの翌日から冬季休暇なので、しばらくお互いに顔を合わせずにすむからだった。

久瀬との約束の時間をすぎて、さすがの晴琉もいろいろとうしろ向きなことを考えた。

たとえば今、事故にでも遭《あ》ったら、鞄《かばん》の中に入っているディルドとローションが遺品になっちゃうなとか、スマホのラブグッズ検索履歴は消しておいたけれど、何かの事件にでも巻き込まれたらこういうのもしっかり調べ上げられて晒《さら》されるんだろうなとか。

あとは、あまりに人が多いからすれ違って迷子になるとか、このまま三時間くらい待たされたあげくに久瀬が来ないパターン、「あんなの本気にしたのか」と嗤《わら》われる展開などだ。

そういえば久瀬が口を開けて、明確に声を出して笑ったところを見た記憶がない。喉の奥でくくっと笑うか、鼻で笑うか、わずかに肩が揺れる程度で。

こしょこしょしても、久瀬は「あはは」と笑わないのだろうか。見てみたかった。

「……こうなったら愉《たの》しもう」

思いきり。誘ったのはこっちということになっているのだし。

もじもじしていても気持ち悪い。ディルドなんていつも使ってますし、くらいの慣れているそぶりできっとちょうどいい。久瀬は男とラブホに入るのははじめてだろうから、晴琉のほうが萎縮《いしゅく》していたらそれが伝わって、「やっぱやめよう。帰ろう」と尻込《しりご》みさせてしまう。

久瀬が『いいよ』と言ってくれただけで充分だから、しめっぽくなりそうなことは訊かない。どうしてとか、どう思ってるのとか、彼を追い詰めそうな質問はしない。

それから、どんなことがあっても泣かない。

——決意が、くじけてしまわないうちに。

マフラーに埋もれながら「久瀬くん早く来て」とつぶやいたとき、こつんと頭に何かがぶつかった。ペットボトルが二本入ったコンビニの袋だ。

「座ってたら見えねぇだろうが」

傍に立っていたのは、コンビニの袋とビジネスバッグをぶら下げた久瀬だ。

「久瀬く……」

晴琉は草花の植え込みの前に設置された簡易ベンチから慌てて立ち上がった。

久瀬がちゃんと来てくれただけで、もう奇跡のような気がしてしまう。

「なんか食った？」

久瀬はいつも晴琉の顔からわずかにズレたところを見て話し始める。会話を続けていくと、ときどき目が合う。思春期の子どもみたいな、そんな話し方をするのも好きだった。

「仕事納めの会のとき、ちょっと。久瀬くんは？」

「同じ。べつにいらないかな」

会社内では他の社員と同様に接してくれていたけれど、こうして外で会うのは久しぶりだ。

久瀬は浮かれたようにはしゃいでいる周囲をちらりと一瞥して、晴琉のほうを見た。

何か言いたげな気配があったので待つと、久瀬が「飲みもの買ったけど……中にもあるよな」とつぶやいて歩き出した。晴琉も慌てて追いかけて横に並ぶ。

——中にも、ってラブホの中ってことだよな。

何かの間違いではなく、久瀬は晴琉とホテルへ入るために、待ちあわせ場所に来たのだ。

「どっち行けばいいか分からない」

スクランブル交差点で久瀬がそう言ったので、晴琉は一瞬、ふれていいのか迷ったものの、了解も得ずに彼の腕を掴んだ。

久瀬にとって、これから始まるすべてが未知なことばかりのはずだ。

――今からもっとすごいことするんだし。

久瀬の表情は確認しない。信号は青。彼の腕を引っ張って、ダイブする気持ちで足を一歩踏み出した。


仰向《あおむ》けでベッドに寝転がっている久瀬のもとへずりずりと進み、バスローブを整えて、晴琉は彼の傍《かたわ》らに正座した。寝ているのかと思ったけれど、久瀬の眸は天井《てんじょう》のほうを向いている。

晴琉がシャワーを浴び、身支度を整えている間に、彼は何をして何を考えていたのだろう。

晴琉は久瀬のとなりに同じ姿勢で横になった。決意が揺らがないうちに、と覚悟を決める。

「……久瀬くん」

こっち向いて、と久瀬の腕を引いて、ベッドの上で寝転んだまま向かいあった。

目と目を合わせて、瞬《まばた》きをしても、久瀬が視線を逸らさずにいてくれる。

僕の好きな人だ――見つめあうだけで感激して、痺れて、きゅうんとなる。たまらない。

晴琉はひとつ息をはき、「お願いがあって」と切り出した。

「えっと……年が明けたらまた顔を合わせることになるので、僕は会社でいつもどおりにしてるから、久瀬くんもできたらそうしてほしいです」

それに対し、久瀬が無言のまま控《ひか》えめに頷いてくれてほっとする。

「それであの、ずうずうしいお願いだけど、久瀬くんの肌に直接さわっていい？　腰から下はぜったいさわらないから！　でも、抱きつきたいし、上半身だけは許してもらえると……」

早口で言うと、久瀬が喉の奥で小さく笑うのが分かった。ばかにしたようなのじゃなくて、微笑《ほほえ》んだみたいな、そんな笑いだ。

「キスはしません。うっかりほっぺたとかにくっついちゃったら、ごめんだけど。でも、あの、……抱きしめて……っていうか、ハグはしてもらいたい、なと」

ここまでなら許してくれるかな、という境界線を、晴琉なりに探ったのだ。NGと言われそうだから最後に問うと、これにも久瀬は頷いてくれた。

「僕は今日のことを久瀬くんに、どうしてとか、何も訊かない、理由を求めない。応えようとしなくていいよ」

久瀬の心を重くするような面倒な問いかけはしない——そう決めてここへ来た。それは同時に自分のためでもある。どうにもならないことを確認などして、ぐずぐずじめじめしたくない。

晴琉はえいっと身を起こして、ベッドの端に置いていた自分の鞄を手繰《たぐ》りよせた。

中から黒いビニール製のポーチを出し、そのファスナーを開ける。

寸前までは不思議と冷静だったけれど、さすがに胸がばくばくと強い鼓動《こどう》で鳴っている。今から何を使って何をするか同意の上でここにいるとはいえ、久瀬がそのものを見たら引くかもしれないという怖さは拭《ぬぐ》えない。

久瀬が起き上がる気配があって、晴琉は彼の前までにじり寄った。

そのポーチごと「はい」と差し出す。

「これで、お願いします」

久瀬はそのポーチを両手で受け取り、上から覗くと、ためらいなく手を突っ込んだ。

勢いのままディルドとローションのボトルを取り出し、じっと手のひらの上にのせたすみれ色のディルドのほうを見つめてから、久瀬が顔を上げる。その表情がなんだか不安げに映った。

「これ……こういうの挿《い》れて、痛くないのか」

身体の心配をしてくれたみたいだ。いつもそっけない態度だけど、本当は優しい。

晴琉はふふ、と笑った。

「さっきバスルームで慣らしてきたし」

「慣らす？」

「準備。いきなり挿れられたら、さすがに痛いよ」

通販するか迷ったあげく、二日前のクリスマスの夜にラブグッズ専門店で買ったものだ。店には笑ってしまうくらいの大きさや、まがまがしい色やかたちの性具がたくさんあって、その中から初心者用のサイズをチョイスした。とはいえ、ディルドなんてはじめてだから、自宅で何度か練習してきたのは秘密だ。

「久瀬くん」

名前を呼ぶ声が掠《かす》れる。

ぐっと距離を詰め、晴琉は久瀬の肩を強く押した。そのまま思い切って彼に跨《また》がり、久瀬の顔の横の辺りに手をついて上から見下ろす。晴琉から求めたのだと、印象付けるために。

久瀬は最初驚いたようだったけれど、そのあと神妙な顔つきになった。

「……僕、愉しみたいんだ」

久瀬の目が少し大きくなって、喉仏が上下した。緊張しているのかもしれない。

「うしろだけじゃなかなかイけないから、自慰《じい》もする。イったら終わりね。……久瀬くんの、上のシャツのボタンだけ、はずしていい？」

茫然としている久瀬の返事は待たずに、シャツのボタンに指をかける。ふたつ目のところで、久瀬が「自分でやる」と晴琉の手をとめた。


晴琉に覆い被《かぶ》さる格好の久瀬の背中に腕を回して抱きつけば、多幸感で鼻の奥がつんとする。

彼の肌はなめらかで温かく、胸が合わさるとぴったり張りつく心地がした。

久瀬の匂いを濃く吸い込む。そうすると心が鞣《なめ》されたように感じ、不安や緊張が不思議なほどやわらいだ。

晴琉が導いたところに、シリコン製のディルドの先端が潜《もぐ》り込《こ》んでいる。

グリップの役割を果たしているディルドの陰嚢《いんのう》部分を久瀬が握っているから、晴琉は彼の手に自分の手を重ねてもっと深く入れるように誘った。

「ど、こまで入るんだよ」

「もう少し、深く」

久瀬が晴琉の肩に手を回してくれていて、本当に抱かれているような気になる。

愛撫《あいぶ》みたいなことはしなくていい、と伝えたのだけど、挿入《そうにゅう》を開始してから久瀬は「どこに手ぇつけばいいか分かんねぇよ」と言ってそうしてくれたのだ。

より深く挿入されていくディルドが中の敏感な部分をずるりとこすり上げて、晴琉は浅い呼吸をしながら懸命に受けとめた。

変な声を出したら久瀬が気持ち悪がるかもしれないと思い、歯を食いしばってこらえる。

「……く、ぜくんっ……」

この行為で得られるのは快感だけじゃない。

久瀬龍之介《りゅうのすけ》という男の、表面だけでもいい。その生身のあたたかさを、身体で知ることができる。こんなことでもなければ、彼の肌にふれるなんてぜったいにできなかったのだ。

「……んっ……」

最奥《さいおう》に先端が到達して、それはいくらもしないうちになじんだ。

こういう玩具《おもちゃ》で遊ぶのに慣れたふりをしていることが、まったく久瀬に伝わらないくらい挿入はすんなりうまくいって、晴琉はほっとした。久瀬に罪悪感を覚えてほしくない。

「これで、いちばん奥。あとは……ゆっくり、動かして、こする……」

久瀬の手をぐっと摑み、押して引く。ただそれだけで快感に声を上げそうになり、晴琉は鼻を鳴らした。

「んぅっ……、ふっ……」

しっかりと張った玩具の括《くび》れ部分に敏感な胡桃《くるみ》の膨《ふく》らみをこすられ、ひっかかれるたびに、腰がびくんと跳ねてしまう。

「痛いなら……」

気遣う言葉をかけてくれる久瀬に、晴琉は違うと首を振った。

「今のとこと、いちばん奥が、気持ちいい——あっ……」

そう伝えた途端に晴琉の導きではなく、久瀬の意思でディルドを動かされたのだ。思わず声を出してしまった口を慌てて塞《ふさ》ぐ。

久瀬に、その顔を見られていた。痴態を晒したことで、不快にさせたのではないだろうか。

一方久瀬は、何を考えているのか読めない表情だ。

ペニスを摸《も》した玩具は久瀬の手と繫がっている。

「俺に動かしてほしんだろ。そういうことなんだよな」

お道具でもいいから一回してくれたら——その言葉の意図を確認され、晴琉は口を手で押さえたまま、久瀬の胸元でこくりと頷いた。

ディルドが浅い位置まで後退し、おしえたばかりの胡桃を探るように動かされる。

久瀬は無意識かもしれないが、回転が加わり、おおよそ人の動きではないようなピストン運動になっている。晴琉は声をこらえるのが何度もあやうくなった。

後孔《こうこう》に注いだジェルがディルドとの密着感を高めて、抜き挿《さ》しのたびにまるで内壁が吸いつくように絡んで、収斂《しゅうれん》している。

自分の内側を犯すのがただの玩具ではなく、久瀬にされていると思うから、快感が濃くなるのがだいぶ早いのかもしれない。

——ど、うしようもない……くらい、気持ちいい……！

玩具なのに。それを使って自分で練習したときと比べものにならないほど。

「久瀬、くんっ……まっ、待って」

このままじゃあっけなくイって終わる。久瀬にくっついていられる理由がなくなってしまう。

「……よくない？」

「違うっ……、あの、き、気持ちよすぎて」

「じゃあなんでとめるんだ」

雁首《かりくび》まで埋まっていたディルドがふいに深くへと挿入され、晴琉は電流のような快感に身体を突っ張らせた。

ディルドの先端が奥壁を絶妙な強さで突いて、また後退する。何度も、何度も。

単純な動きは少しずつスピードを上げて、内襞《うちひだ》がディルドを放すまいと絡みつくから、ぐしゅ、ぐしゅ、と恥ずかしい水音が響いてしまう。それに、声は抑えられても、喘《あえ》ぐのはとめられない。

「はっ、ぁ……久瀬くっ……速いっ……！」

「……よさそうだけど。太ももの内側、すげー鳥肌《とりはだ》になってんぞ」

「あ、あっ……んっ、う……」

大きく喘いでしまいそうな寸前で、腕を噛んで口を塞ぐ。

「何我慢してんの。声も。愉しみたいって、そっちが言ったんだろ」

久瀬の前ではいつもずうずうしいくらい好き勝手をして、玩具でいいから抱いてほしいとお願いをしておいて、この期《ご》に及んでの恥じらいになんの意味があるんだ、と久瀬は言いたいのかもしれない。

「好き、だから、久瀬くんのことっ……」

絶頂までの時間を一秒でも長く引き伸ばしたい。本当は離れたくないからだ。

「久瀬くんに、気持ち悪いって思われたくないし、引かれたくない」

「気持ち悪いなんて思わない」

久瀬がはっきりとそう言ってくれて、勝手に決めつけんなと言わんばかりに少し怒ったような顔つきの彼と見つめあった刹那《せつな》、ディルドを奥まで嵌《は》められて全体を揺らされた。

「——っ！」

後孔《こうこう》が快感で痙攣《けいれん》している。瞑《つぶ》った瞼《まぶた》の裏に星が弾《はじ》ける。

「いっ……あっ……、っ、……！」

「きついか？」

問いかけに、晴琉はぶるぶると首を振った。激しくされても、無茶なことはされていない。むしろだんだんと欲求が強くなってくる。

「も……っと、はやっ、速く、……」

狭《せば》まった隘路《あいろ》を中が泡立《あわだ》つほど掻き回され、ディルドの嵩高《かさだか》い雁首を内壁にこすりつけられて、それがあんまりよくて、晴琉はついに喉を開いて声を上げた。

「く、久瀬くっ……ああっ……、あっ……！」

尻がこわばり、腰が何度も浮き上がる。

遮二無二《しゃにむに》こすられるのが、ひどく気持ちいい。でもイけそうでイけないかんじがもどかしくなってくる。

「おまえ、前弄《いじ》んないとイけないいんだろ。もっと好きにしたらいいだろ。ほら」

「う……」

促されて、晴琉は今まで枕を握りしめていた手で、勃起《ぼっき》した自分のペニスを握った。

「見ない、で」

「この状況で？」

尻にディルドを突っ込まれ、自慰をしている姿を、片想いの人に見られるなんて。今更だろ、と言われても恥ずかしさは消えないのだ。

そう思ったのに、いざオナニーを始めて同時にうしろを抜き挿しされたら、頭のストッパーというストッパーがぜんぶ壊れてしまった。

「あ……あっ、あぁっ……んっ……！」

久瀬の意思を映すディルドが後孔を苛《さいな》み、自分のとろけきった内壁はそれを悦《よろこ》んでいる。

「気持ち悪いなんて思わない」と久瀬に許されて、もうたまらず、晴琉は節操なく腰を振った。ときに全身を突っ張らせ、久瀬がくれる快感と、手淫《しゅいん》の悦楽に惑溺《わくでき》していく。

久瀬の表情を見る余裕はない。濃い性感を味わい、少しずつ積み上げた快感はますます分厚くなって、ただひたすらに絶頂へと駆け上がっていく。

はしたなく腰を揺らしながら、晴琉は片手で久瀬の背中にすがりついた。

これで最後なんだと思うとつらい。つらいのに、気持ちいい。

「久瀬くん、久瀬く、んっ、好き、好きっ……、もうっ……」

久瀬の肌にふれることができて、しあわせなはずなのに目尻に涙が滲《にじ》んだ。

晴琉がぎゅうっと抱きつくと、久瀬も抱きしめてくれた。お願いに応えてくれたにすぎないけれど、それでも久瀬がくれる抱擁《ほうよう》が嬉しい。久瀬に抱きしめられている、それだけで湧き出る快感は何倍にもなる。

「……んぁ……イくぅ……！」

歯を食いしばり、久瀬の胸に顔をこすりつけて、赤く熟《う》れきったペニスを扱《しご》きあげたときだった。

脳髄《のうずい》が溶けるほどの絶頂感に一瞬息がとまった——のと同時に、気付けば久瀬に唇を塞がれていたのだ。

びくびくと腰を跳ねさせながら白濁《はくだく》を飛ばして、射精の快感に酔《よ》いしれる。その絶頂の瞬間も、残滓《ざんし》をすべて出しきるまでの間も、晴琉は久瀬にキスをされたままだった。

やがて、合わさっていた唇が離れた。

ただ重なっていただけだけど、久瀬からのキスに茫然としてしまう。

「……久瀬、くん？」

久瀬は晴琉に視線を落としているが、どこに焦点《しょうてん》が合っているのか分からない顔つきだ。奥歯を噛んで、高揚《こうよう》を押しとどめるような表情に映るのは気のせいだろうか。

目の前で強烈な性行動を見せられたからなのか。

——それとも……おまけ、とか……サービス的な？

訳が分からず戸惑いつつも「イったら終わり」の約束どおり、晴琉が埋まったディルドを抜こうとしたら、久瀬にそれを阻止《そし》された。

「……まだ、イけそう。おまえの、萎《な》えてない」

久瀬の声が低く掠《かす》れている。

「……え？」

「『一回してくれたら』の『一回』って、射精の回数だったっけ？」

「えっ？」

久瀬に問われるのと同時に、抜きかけのディルドをぐっと押し戻された。

「——あっ！　あ、待っ……あ、んんっ！」

回転をつけてねじ込まれ、瞼の裏に赤い閃光《せんこう》が散るほどの強い性感を覚え、晴琉は短い悲鳴を上げた。

硬さのある先端がさっきとは違う角度で、柔《やわ》くとろけた内壁を無遠慮にこすりつけてくる。

一度は下降していた熱がぶわりと温度を上げ、小さな毛穴がすべて開くような感覚だ。

絶頂した直後の敏感な粘膜を、優しい強さで捏《こ》ねられる。ディルドを摑んだ久瀬の手で。

「く、ぜ、くんっ……！」

柔らかな内襞が、永遠に萎えることのないディルドをまた深く呑み込もうと、卑猥《ひわい》に蠕動《ぜんどう》するのが分かる。

「この角度で挿れると、バックでしてんのと同じになるんだな」

要領を得た久瀬によってそこを掻き乱され、晴琉は再び彼の背中にしがみつくことになった。

■　晴琉への気持ち　■

除夜の鐘は煩悩《ぼんのう》の数だけ撞《つ》くのだというけれど、久瀬《くぜ》にとって目下のところ情欲のすべては『成末晴琉《なりすえはる》』に集約されていた。

テレビではいつの間にか紅白歌合戦が終わり、除夜の鐘が鳴っている。

年末年始は実家で家族とともにすごすのが久瀬家の習わしなので今年もそうしたが、久瀬龍之介《りゅうのすけ》の頭の中は別の事柄に占拠《せんきょ》されており、目の前の何も映してはいない。

「お兄ちゃん、いつにも増して地蔵感はんぱない」

「お父さんと合わせて二体よ。見て、あのうしろ姿、そっくりだから。ふふふっ」

「やばい、ウケる。地蔵が並んでる。拝んどこ」

先日二十歳になったばかりの年の離れた妹と母親の会話がソファーの背後から聞こえるが、となりに腰掛ける父親同様に久瀬もそれを気にすることはない。

零時《れいじ》を回り、家族四人で向かいあって新年のあいさつをしたあと、久瀬はソファーに戻ってスマホを確認した。

あのお道具えっち以降、晴琉からの連絡は一切ない。たしか去年は、年明け直後にあけおめメールが届いて、『今から初詣《はつもうで》行こうよ！』との深夜のお誘いに久瀬はそっけなく『あしたな』

と返したのを覚えている。

——今年はＬＩＮＥも来ない。

高校時代の友だちのグループＬＩＮＥのほうは年明け直後から動いているけれど、晴琉とのトーク画面はしんとしたままだ。

お道具えっち一回だけ。それで終わり。晴琉の決意とあの行為は日々久瀬の内で重さを増してきている。あんなことをしておいて本当に終わりなのかと、どこか信じられないような心地がするのだ。

——俺が送ればいいんだろうけど……。

指が動かない。バンジージャンプの飛び込み台で足が竦《すく》んでいる人みたいだと思った。

メッセージひとつ送れない。相手が晴琉に限らず、必要最小限の用件と返信くらいしか送ったことがないからだ。とくに用もなく『今何してる？』と久瀬がＬＩＮＥなど送れば「アカウントのっとられてるぞ」と友人らは心配するだろう。

——あんなことしたあとで、お気楽メッセなんてできるわけない。

少しでもぼんやりすると、頭の中は四日前に戻ってしまう。新宿のラブホテル名はまったく記憶にないのに、そこでの行為は始まりから終わりまで鮮明に思い出せた。

淫猥《いんわい》な声、音、匂い。ぎゅっとしがみつかれた感触、体温。濡れた眸で一途に見つめる表情。全身を硬直させながら最後の絶頂を迎えた男の姿を。

――エロすぎんだよ、あいつが。

違うことを考えようとしてもすぐに晴琉との行為で思考は埋め尽くされ、しまいにはそんな不埒《ふらち》な妄想《もうそう》ばかりするのを晴琉のせいにする。

久瀬はあのとき、じつをいうと勃起《ぼっき》していた。

それが晴琉にバレたらやばいな、と思い、最後までそれを隠しとおした。

――何がやばいって……あのましたら、たぶんできてた。

それまでは、男とセックスするなど考えたこともなかったし、できるわけないと思っていたのだ。

同性愛を嫌悪しているわけではない。これまで異性としかつきあった経験がなく、そういう同性間の行為を含めて、真剣に考える機会がなかった。子どもの頃に『子孫を残すための性教育』を受け、『男女恋愛をするのが普通』だと大人たちや周囲から教わったからだ。

あの日、久瀬の中の定義は、大きく覆《くつがえ》されてしまった。

――キス、した……よな。

目尻に涙を溜めて「好き」と何度も言いながら、怖がる子どもみたいにぎゅっとしがみつかれて。そんな晴琉の姿を見ているとたまらない気持ちになった。

――衝動的《しょうどうてき》だったけど……なんていうか、かわいくて。頭ん中、あいつのことしかなくて。

勃起してしまっている股間《こかん》の処遇についてはわりと冷静に考えられたし、どうにかごまかせたものの、爆ぜた感情はどうしてもとめられなかった。

——キスの瞬間、なんで？　って顔してた。

イったら終わり、と言っていた晴琉を無視し、そのまま二回目になだれ込んだときも、晴琉はひどくとまどっていた。

間髪容《かんはつい》れずの二度目。何度かイった様子はあったけれど、晴琉はなかなか射精できずにいた。強い性感から逃げたがるのに背後からのしかかってでも、久瀬は行為をやめなかった。だって射精こそしないものの晴琉はディルドの刺激で相当感じていたし、射精が男にとっての『快楽の最高地点』だと久瀬は信じて疑わなかったからだ。

——イかせたかったっていうか……射精させたくて。俺がムキになって、かなりしつこかったよな。

あんなふうに、相手を気持ちよくさせることに必死になったのもはじめてだった。

晴琉の甘ったるい喘ぎ声が耳に蘇《よみがえ》り、久瀬の鼓動は速くなる。

晴琉を抱きしめて、やっと二度目の射精に至ったとき、今までしたどんなセックスよりやらしい、と思った。

あのお道具えっちの日からずっと、晴琉との行為ばかりを何度も反芻してしまう。もはやそれしか考えられない。するとどうしようもなくむらむらしてきて、頭の中のいやらしい晴琉を相手に毎日自慰をしているなんて、十代みたいでかっこ悪くてぜったい誰にも言えない。

久瀬にとって、それほど強烈な経験だった。

——どうしてこんなことに……。

事の発端を遡《さかのぼ》ると、お道具えっちを伝言されたのより少し前、高木《たかき》に「晴琉の気持ちに応える気がないなら、ちゃんとふってやってください」と言われた日に行きつく。

高木のそれは反論の余地がない正論で、そうすべきだと久瀬も思った。

自分の傍に置きっぱなしで、不幸にしているだけ。同性を恋愛対象としている同類の男との出会いがあれば、自分と無駄な時間をすごすより確実にしあわせになれるはずだと思った。

晴琉のことはきらいじゃない。だが、久瀬にとって不可解な『恋人』という存在に、晴琉がなるのも想像できなかった。

今までのまま、居心地のいい関係でいられたらよかったのだけど。でも居心地がいいと思っていたのは自分だけで、晴琉にとってはまったく実にならない関係だ。自分勝手な久瀬に晴琉が合わせてくれていただけのことだと、離れたらいろいろ気がついた。

晴琉を遠ざけた日から、映画がつまらなくなった。

晴琉にあーだこーだと横から映画の内容について質問されて、それに答えるのはきらいじゃなかった。他の女性だと、面倒だな、と思ったけれど、それも晴琉は久瀬がいやにならないタイミングをちゃんと計ってくれていたからだ。

つまらない映画を見ても眠気はこない。晴琉からのクリスマスの誘いを無視したときのことや、仕事の話をするときもこちらの表情を窺ってくる晴琉の顔が忘れられないから。

——やたら押しが強いくせに、こっちが拒否したらぜったいに近付いてこないんだよな。

つまりそれも、自分の想いだけ押しつけたりせず、晴琉が久瀬を気遣っていたからだ。

映画を見るための集中力は途切れ、適当なテレビ番組をつけている時間が増えた。

一年以上もずっとべったりだったのに。部屋に晴琉がいない日がこれからも続くと思うと、久瀬の心は真夜中の湖面みたいにしんとなった。

新しい映画のディスクも未開封。ただ朝になったら出勤して、仕事に追われ、帰ればひとりの時間が続いた。眠りは浅く、また朝が来て……の繰り返し。

晴琉による衝撃の提案を高木から伝言されたのは、そんなときだった。

「一回えっちしてくれたら、あきらめるって言ってる。お道具でもいいから」と聞かされたとき、晴琉の言う『好き』には性的な意味も含まれていたのだと、久瀬ははじめてはっきりと認識した。これまで晴琉が性的な匂いを少しも感じさせずに、久瀬の傍にいたからだ。

——今まで、その辺のことにも気を遣われてるって気付いてなかった……。

しかし、晴琉の想いに応えてやるという選択肢は久瀬の中にない。衝撃的なお願いには驚いたが、晴琉がそれであきらめると言っているなら、そうすることで晴琉が自分ではなく別の方向に目をやれるなら、応えた方がいいのかも……そんな気持ちで、『お道具えっち』を承諾《しょうだく》した。

それに、「お道具でもいい」なんてそこまで言わせて断るのはさすがに胸が痛い、とも思った。いくら興味がないとはいえ、それくらいには、成末晴琉という存在が久瀬の心の『特別枠《わく》』に入っていたのだ。

――でも、「お道具でもいい」ってお願いするくらい好きなのに、一回したら「あきらめる」？　そこが理解できないし、その程度ってことなのか？

その点に引っかかったまま、あの日を迎え、久瀬はますます成末晴琉に囚《とら》われる結果となった。本当にあれで終わりなのか、と腑《ふ》に落ちない感がすさまじい。

お道具使用の思い出えっち一回で満足するような、その程度の『好き』なんだろ、と何度考えてもそこにモヤる。

モヤモヤするけれど、かといって晴琉と自分が恋愛関係に？　――同じ疑問が巡《めぐ》り、そこに来るとまた頭の中がシャットダウンしたみたいになって、未来を具体的に想像できない。

だから久瀬は「晴琉と恋人関係になるなんて考えられないってことだよな……」と、自分自身のあまり明瞭《めいりょう》ではない思考に困惑し、纏《まと》めきれずに終わるしかなかったのだった。

年が明けて、仕事始めの会が終われば、以降は通常業務となる。

出社している晴琉の姿を見ただけで、久瀬の胸はぎゅうっと、これまでの人生で経験のないほどに軋んだ。鼓動が速くなり、体温が上がり、少し汗ばむほどで。

――あの日、あのあとおまえどうしたんだよ。

ホテルでの行為のあと、晴琉に「久瀬くんは帰っていいよ」と言われて、後ろ髪を引かれる思いはあったものの、もう何かしてやれることもなくて、久瀬は帰るしかなかった。

訊きたいことは他にも山ほどあるのに、どうやって声をかけていいのかも分からない。

晴琉は高木のとなりで何やら楽しそうに話をしていて、久瀬のほうには目もくれない。晴琉からの「あけましておめでとうございます」を、他の社員たちの中でも遅いタイミングでさらっと貰い、久瀬の胸はあまりの切なさにきつくよじれた。

腕を摑んで引きとめたい衝動を、久瀬は拳《こぶし》を握ってこらえた。

晴琉はにこにこ笑う顔を高木や他の社員らには向けるけれど、自分にはよそよそしいかんじがする。いつもどおりにしてくださいと言ったのは晴琉なのに、ちっとも普通じゃない気がした。

それもしかたない。晴琉からすれば一年越しの片想いの末の、失恋だ。

久瀬は晴琉をあきらめさせるためのお道具えっちに納得してそれにつきあったつもりでいたが、それは今後、晴琉が他のだれかを好きになるのに知らん顔ができるということでもある。

――あいつ、他の男とセックスすんのかよ。

久瀬に背を向けて他の男たちに囲まれている晴琉を見たら、突然そんな疑問が湧いた。

——ていうか……そもそもなんでお道具前提？　俺に気を遣ってかと思ったけど、もしかしてもともとああいうのが好きで、他の男とも普通にやってるから出てきた提案？

過去や未来の見えない敵に対して、むかむかするのをとめられない。

「……なんなんだ、俺……」

思い出えっちに了解して行為に及んでおきながら、頭の中が晴琉のことでいっぱいで、自分勝手な思考と妄想に取り憑《つ》かれている。

——他の男にもあんな顔見せて、喘いで、腰振って。

今晴琉の横に高木がいるから、おあつらえ向きにあのふたりで想像してしまう。

もしかして高木がごちゃごちゃ言ってくるのは、晴琉のことを狙っているからじゃないだろうか。高木にそういう思惑《おもわく》があったなら、今すでに大成功の状況なのではないか。

それでなくても久瀬が実家で鬱々としていた間に、晴琉はどこぞの男と出会ったかもしれない。

内臓が煮えるような苛立ちに、久瀬は顔を顰めた。

——思い出だけでもいいから一回お道具えっち、なんてお願いするほど好きって言ってたのに。逆にその程度で捨てられる気持ちだったってことだろ。

そこがどうしても引っかかる。やっぱり理解できない。

「…………」

久瀬ははっと閃《ひらめ》いて、その結論に自分でうろたえた。

引っかかるというより、理解できないというより、そんなもの、理解したくないのだ。

——俺はえっち一回だけでいいなんて想いを、理解したくないんだ。

胸を焦《こ》がすほど強い嫉妬《しっと》と独占欲。恋の情動をはじめて知って、そうしたら、今まで自分が晴琉に対して抱いていた気持ちが、まさに『恋』だったのだと気がついた。

唐突に、羽毛布団のソフトクリームになった晴琉の姿を思い出す。

久瀬ひとりだったら、なんということはない、いつもの冬の朝だった。

あそこに晴琉がいた。ちょっと笑ってしまう自分がいた。

晴琉は久瀬がコーヒーを淹れてやっただけで嬉しそうにする。

本当は晴琉といる時間を愉しんでいるくせに、「ベッドが狭い」と文句を言い、面倒くさそうに斜《しゃ》に構えて。

——いい年して、ガキかよ。

いつの間にか心のすみっこ辺りに種が植えられ、知らない間に芽吹いて、毎日毎日、晴琉がくれるものを当たり前のように受け取っているうちに。

——こんなふうになってからじゃないと気付かない。自分勝手な上に大ばかだ。

知ってたけれど。でも今までみたいに、じゃあもういいや、と思えない。

晴琉と『同僚で友だち』というもとの関係に、久瀬自身が戻れなくなっていた。

仕事始めの日はあまり長く残業しないだろうと踏んで、久瀬は晴琉が一階ロビーへ下りてくるのを待った。

それでなくても、何時間だろうとここで待つくらいの気持ちだ。仕事をしている相手に「話がある。待ってるから早く下りてこい」だなんてＬＩＮＥを送ったりはしない。

久瀬なりに、いつもの百二十倍ほどの気遣いをしようと努め、あれこれ考えたのだ。

それに、晴琉とのめくるめくお道具えっちを反芻していれば二時間くらいならあっという間にすぎてしまう。久瀬は晴琉を待つ間、何も考えていないかのような平時の顔でもって、せっせといやらしい妄想に勤《いそ》しんだ。

そのせいもあって四十分後、晴琉をロビーで摑まえたあと、久瀬はつい、馬鹿正直に今の想いを伝えてしまったのだ。

「あれから俺、おまえとホテルでしたことばかり思い出してる」

久瀬のあまりにストレートな告白に、晴琉がぽかんとする。

「え？」

「だから、新宿のラブホで……」

ロビーで立ち話をしている他の社員の姿が気になるらしく、晴琉は「ちょ、ちょっと端のほうに」と、久瀬を誘った。

ウォーターカーテンがすぐ傍にある場所だ。小声の会話なら水音が掻き消してくれる。

晴琉は落ち着かない様子で周りを確認し、怪訝な顔つきで久瀬を窺った。

「く、久瀬くん、何言ってんの？」

「あのときのおまえのこと思い出して、やらしい妄想ばっかして」

さらに状況説明を重ねると、晴琉は驚いた様子で「待って待って」とそれを阻止《そし》してくる。

「変なもん、見せられたからだよね？　すみません」

ちゃんと目を合わせず、よそよそしい言い方だ。

躱されそうなのを察知して、久瀬は焦った。

しかしそうやって逃げようとされると気持ちがひどく波立って、自分の中に巻き起こる嵐をとめられない。

「変なもんなんて思ってない。もう一回したい」

なんなら今から。自宅に帰るより、今すぐ、そこらへんのホテルに直行したいくらいなのだ。

久瀬の告白に晴琉は困惑の表情のままだ。いきなり会社でこんなことを告げられて戸惑うのは当然だし、「僕も！」とは言わないだろうけれど。

いや、晴琉こそ元気に明るく言いそうだ。しかし久瀬の前で、晴琉は頬をひきつらせている。

それからぎこちなく笑ったかと思うと、今度はおどおどと目を泳がせた。

「……目覚めちゃった、ってこと？」

依然として晴琉は乾いた笑いを浮かべている。

晴琉はゲイで久瀬はヘテロだから、そんなふうに訊かれるのだろうか。

ゲイになったのかと訊かれたら、「はて、どうなんだろ？」と疑問だが、晴琉に惹かれている段階で、もう自分は彼と同じなのでは、と久瀬は思った。

「……そうみたい」

なんだか自信がないのも手伝って、そんな答え方になってしまったが。

もう一回したい、と正直にストレートに伝えたし、このまま抱きあえたら、言葉じゃなくて自分のぜんぶで、理解してもらえるはずだと思った。

しかしいつまで待っても、晴琉の答えが返ってこない。

もしかして晴琉の中では本当に、あのお道具えっちで終わってる……ということだろうか？

お道具えっちしたの、あれ、先週の話だぞ——久瀬がそう思ったとき、晴琉が唇をむぐむぐさせながら、顔を歪めていることに気付いた。

「……そんな久瀬くんなんて……」

「おい……どうし……」

もう好きじゃない、とつぶやかれた気がして、久瀬は眉を寄せる。

「……お、お道具えっちしたかったわけじゃねーわ！」

けっこうな大声で晴琉にブチギレられて、久瀬は啞然《あぜん》となった。

晴琉はこれまでに一度だって、久瀬に対してキレたことはない。なんでも「イエス」と従順で、久瀬の言う「ノー」ですら、いつも楽しげに受けとめてくれていた。

——……激おこ……なんで？

「え……？」と気の抜けた声を出したときには、晴琉は久瀬の前から走り去ってしまったあとだった。


愛の告白のつもりが、なぜだか晴琉の逆鱗《げきりん》に触れてしまった。

あのあと追いかけようにもすでに晴琉の姿はなく、自宅がどこなのかも知らない。電話にだって反応がない。

翌日から晴琉は仕事の話にしか応えなくなり、今まで押されるばかりで押したことがない久瀬は、晴琉の最初のその反応で心がぽっきり折れた。

——興味ないって言われてもお構いなしに押せ押せだったあいつ、すごい……。

頭の中がピンク色の妄想でいっぱいだったのに、すっかり気分が落ち込み、あらゆる欲求が消え失《う》せた。しかし食べないと頭が働かなくなるし、寝ないと倒れてしまう。今、久瀬の身体を動かす原動力は、サブチーフの立場で任された仕事がある社会人だ、という自負にしかない。

何があってもあまり動じない鋼《はがね》のメンタリティだと自己分析していたけれど、とんでもなかった。なんに対してもほどほどで、傾倒といえるまで夢中になる対象がなく生きてきたために、自分の弱さに気付かなかっただけなのだ。

これまで自分に懸命に想いを伝えてくれた女性たち（興味がないので顔も名前もおぼろげだが）も、世界中が灰色に見えるくらいのこんな気持ちだったのだろうか。

なんの打つ手もないまま、時間だけがすぎる。ＥＣサイトの年明け初売りセールや福袋の注文がピークになり、晴琉が所属するフルフィルメントＧｒは連日深夜まで残業で、声をかけるタイミングもない。

ようやく忙しさのピークが過ぎたのが、初売りセールが終わり、その事後処理も落ち着いた月末の金曜日だった。

帰宅のために二十時近くに会社を出て、久瀬の足はとまった。

ビル風が容赦《ようしゃ》なく吹きつける中、今日は晴琉の退社時間まで待ってみようか……と考える。

久瀬は会社の方を向いたり、最寄り駅の方を向いたりした。

足りないのは勇気だろうか。気持ちだろうか。経験だろうか。

気持ちが足りないから勇気が出ないのだろうか。

晴琉ともう一回したいのは本心だが、以前のように晴琉と普通に、一緒にすごしたい。

羽毛布団をソフトクリームみたいに抱えた晴琉にいたずらして「小学生じゃないんだからさ」

とぷりぷり怒らせて……今なら、かわいさ余って、抱きしめる——そんな想像をする。

「……こんなふうに、想ったことねぇよ」

頭の中は晴琉のことでいっぱいだ。他のものが入る余地などないくらいに。

映画のディスクは金を払えば手に入る。予約すれば確実に。だけど、人の心はそんなに簡単じゃない。簡単には貰えないものを、今までずっと、街で配られるチラシのように受け取って、それを自分はいったいどう扱ってきただろうか。

切なさに胸がきりきりとよじれる。同時に、できるなら過去の自分をぶん殴りたいとも思う。

心痛に歪み、俯けていた顔を上げたら、外から会社に戻ってきた高木の姿があった。

今たぶん、晴琉のいちばん近くにいる男だ。

高木はすれ違いざま、久瀬と目を合わすことなく「お疲れさまです」とあいさつしてきた。

「高木」

久瀬に呼びとめられて振り向いた高木の顔は「俺、あなたのこと苦手なんですよね」とあからさまに分かる表情で、晴琉と話しているときのそれとはぜんぜん違う。

急いでいるかを一応確認すると、一旦《いったん》会社に戻って帰るだけだと高木が言うから遠慮しない。

高木は不可解そうにしながらも、ビル風を避けて建物の陰へ久瀬とともに移動してきた。

すぐさま久瀬が「恋愛相談、したくて」と口火を切ると、高木は一瞬、虚を衝《つ》かれたみたいにぽかんとした。

「――れ……恋愛相談っ？　久瀬さんがっ？」

久瀬の言葉を理解した途端、高木が悲鳴にも似た声色でそう返す。

晴琉と仲良しの高木に対して牽制《けんせい》の意味もあるし、純粋に本気で相談したくて、久瀬は声をかけたのだ。

「……恋愛相談って……なんで俺に……」

「あいつとのこと取りもってくれたの、高木だろ」

「はい？」

お道具えっちの話をすすめる際に仲介をしただけで、取りもったつもりはない、と言いたげだ。やはり晴琉の恋を終わらせ、高木自身に晴琉の想いを向けさせるためのしたたかな作戦だったのだろうか。

「あいつに俺の気持ちを伝えたら、めっちゃキレられて……」

「気持ち……って、……え？」

高木は本当に意味が分からない、という顔をしている。

「あいつから何も聞いてない？」

「聞いてないわけじゃないですよ。でも……おかわりお道具えっち要求された、としか」

なんだか刺々《とげとげ》しい言い方だ――が、次に続いた言葉でその理由を察した。

「だから俺も、久瀬さんやっぱ最低だなって」

高木も晴琉と同様に、久瀬に対して怒っているのだ。実際、高木の視線はその言葉どおりに、きつく久瀬に刺さってくる。

「久瀬さん、さっき『俺の気持ちを伝えた』って言いましたよね」

「……ああ」

久瀬が答えると、高木は呆れた様子で今度は苦笑している。

「えっちしたいって言われて、晴琉がよろこぶと思ってんの？　それもお道具ってさ……そりゃお道具えっちしてくれたらうんぬん言いだしたのはこっちですけど。久瀬さんが伝えたっていう、『気持ち』って何。セックスしたいだけの相手ならいくらでもいるんじゃないですか？」

だんだん高木がヒートアップしてきた。全身から嫌悪感丸出しだ。

久瀬も言われっぱなしすぎていらっとする。

「おまえ、ほんと俺に対して遠慮ないよな。むちゃくちゃ言いすぎだろ」

「おかわりお道具えっちだけ要求してくるような人を敬《うやま》えません！」

「だけ？　だけってなんだよ。そんなこと言ってない！」

久瀬の声が辺りに響き渡って、ようやくふたりとも口を噤《つぐ》んだ。

しんと静まり返る中、高木が小さく息をつき、「あの……」と困惑の表情を覗かせる。

「俺は晴琉からほんとに『おかわりお道具えっち要求された』としか聞いてないんです。晴琉は久瀬さんのことがほんとにずっと好きだったから、そういう求められ方って、ただ傷つくだけなんですよ。分かりませんか」

なんだかさきほどから、指摘されている内容に違和感がある。

久瀬は高木の言葉を頭の中でもう一度ふるいにかけた。

「……お道具？」

「だから、『もう一回お道具えっちしたい』って久瀬さんが言ったんでしょ？」

「えっ、そんなこと言ってない。もう一回したい、とは言ったけど。お道具とは……」

いつの間に『お道具で』という解釈が晴琉の中でつけ加えられてしまったのだろうか。

「あんたらがお道具えっちしかしてないからでしょうよっ！」

高木の悲鳴みたいな叫びのあと、ふたりの間に再び沈黙が訪れた。

ビル風の音ばかりがびょうびょうと響いている。

「あの……まさかと思いますけど……晴琉に『もう一回したい』しか言ってなくて、それで久瀬さんは『俺の想いを伝えた』的な気でいるとか、そういう話じゃないですよね」

「え？」

「ええっ？」

「つ、伝わらない？」

「ばかなの？」

ふたりの間に何度目かの沈黙が訪れ、久瀬は冷たい風に頬をぶたれた。

「伝わらない……のか」

高木はもはや呆れを通りこし、憐《あわ》れみさえ浮かべた表情でこちらを見てくる。

「久瀬さん……いちばん大事なこと言ってないいんじゃないですか……。だからお互いに誤解して、誤解されてるんだ」

好きだと言ってくれている人の想いに腰掛け、甘えていたせいで、晴琉は分かってくれるし受けとめてくれると思い込んでいた。

そういえばあのとき晴琉が「お道具えっちしたかったわけじゃねーわ！」という捨て台詞で走り去ったのを思い出した。久瀬は晴琉に拒絶されたショックで、その解釈のズレに気付かなかったし、頭からすっ飛んでしまっていたのだ。

——実際、あのときは頭ん中にえろしかなかった。正月休みの間中、そればっか考えてて。もちろんその欲求の根っこには晴琉への想いがあるからだけど、言わずして伝わるわけがなかったのだ。

久瀬が「あー……」と真っ暗な空を見上げると、高木も俯いて「あぁ……」と唸っている。

「俺の思惑と真逆に行ってんな……。久瀬さんは晴琉のこと、ちゃんと、真剣に、考えてくれてるんですか。その様子だと、いちばん肝心《かんじん》な部分を晴琉にまだ伝えてないいんだろうし、俺に言う必要はないいんで、イエスかノーかで答えてください」

「イエスだ」

迷いなく即答した。だってもう朝から晩までずっと、晴琉のことしか考えていない。

高木は困り顔で眉の辺りを掻いている。それからひとつため息をつくと、「せめて会社のロビーで話しましょうか」と移動を促された。

ロビーのミーティングスペースへ戻ると、高木がなぜか「すみません」と謝ってきた。

「今回の件、もともと俺がよけいなことしちゃったから」

「よけいなこと？」

高木は神妙な面持ちになり、こくりと頷く。

「俺、久瀬さんのことはあきらめたほうがいいって、ずっと前から晴琉に言ってました。でも久瀬さんに冷たくされるようになっても、晴琉はあなたのことをすごく好きなままだった。久瀬さんのほうも相変わらず知らん顔でだんまりだし。もう正直に言いますけど、俺、久瀬さんのそういうとこが昔からきらいで、許せなくて、咄嗟《とっさ》にあなたに嘘をついちゃったんです。『一回えっちしてくれたら、あきらめるって晴琉が言ってる』って」

「……嘘を……」

「久瀬さんが知らん顔できなくなるくらいの、嘘です。じゃなきゃ意味がない。晴琉に対して何かちゃんと答えなきゃいけない気持ちにさせたかったんです。それくらい責任取れよって思ってたのは、俺の勝手な感情ですけど。だからって、ひどい嘘をついてしまいました……」

それから高木が、すべてを明かしてくれた。

その嘘から始まった久瀬の『お道具で一回だけなら』を、晴琉がラッキーと受け取ったこと。

高木がついた嘘だという種明かしを、久瀬にしない約束だったことも。

「晴琉はもともと身体の関係ありきなやつじゃないんだよね。俺が最初にお道具って嘘を言っちゃったから、そこは引っ込みつかなかっただけで。本人は『お道具えっちでも超ラッキーとしか思えない』って言ってたけど、ほんとは、久瀬さんと肌と肌を合わせて、抱きしめられたかっただけなんです。だから、ハグされるだけで泣くほど嬉しかったんじゃないかな……」

高木の話を聞いて、むちゃくちゃな、と思う一方で、晴琉の想いには胸をがつんと抉《えぐ》られた。

腰から下はぜったいさわらない、でも、抱きつきたい。抱きしめて……っていうか、ハグはしてもらいたい――晴琉があの日、久瀬の顔色を窺うようにお願いしてきたことだ。

久瀬は晴琉からの願い事を聞いたとき、思わず笑みをこぼしてしまった。お道具えっちなんて要求してきたくせに、かわいくて控《ひか》えめなこと言うんだなと思ったからだ。

ずうずうしいお願いだけど、久瀬くんの肌に直接さわっていい？　――晴琉の声が久瀬の耳で蘇って、それほど深い想いだったのだと知ったら鼻の奥がつんとなる。

あの言葉に、晴琉の想いのすべてがこめられていたのだと、やっと気付いた。

晴琉のそんな一途な想いに対して久瀬が返したのは「おまえとホテルでしたことばかり思い出してる」だの「もう一回したい」だの、薄っぺらい告白だった。

久瀬は「大ばかで横着で……ほんと最低だ」と小さく呻《うめ》いて、頭を抱えた。

「……もう、傷つけたくない……」

傷つけたくないから離れたのに、けっきょく自分がいちばん傷つけている。

人をしあわせにしたいなんて一度も考えたことがなかったし、そういうことを言えるやつはどんだけ自信家で傲慢《ごうまん》なんだと思っていたけれど、きっと違う。自信などなくても、本当に好きになった人をただ大切にしたいという、純真な想いがそこにあるのだ。

きらわれても仕方ないくらい最低でも、人生ではじめて、大切な人をしあわせにしたいと思うからあきらめられない。

「俺の独《ひと》りよがりなお節介で、ほんと、ごめんなさい」

高木が謝ってきたので、久瀬は顔を上げて「いや」とそれを制した。

「高木、ありがとう」

「俺はふたりをひっかきまわした張本人です」

恐縮している高木に、久瀬は首を横に振った。

「そのおかげで、気付けたんだ。俺は……なんていうか、こういうのはじめてで」

「はじめて」

「恋愛、したことなくて」

すると高木はもとの軽蔑《けいべつ》したまなざしに戻り、「歴代の彼女に呪《のろ》われればいい」とばっさり斬《き》って、最後は笑ってくれた。

■ 久瀬くんと僕のこと ■

仕事が忙しい間は、忘れていられる。

——でも、どうかすると、人と話してる最中にも久瀬《くぜ》くんのこと考えたりしちゃってるな。

つい気になって久瀬の姿を捜してしまうし、耳だけでも彼の気配を追いかけてしまう。

久瀬もこちらを気にしている様子だけど、あんなことをしてしまって、ヘテロの彼をおかしなふうに混乱させてしまったのかもしれない、と心配だった。

年明けからの怒濤《どとう》の忙しさがやっと一段落して、今日は比較的まともな時間に帰宅できる。

しかし早く帰れたところでひとりだし、楽しい予定なんてひとつも入れていない。遊びに行く気分にもなれないから、さっさと風呂に入って寝るのがいちばんだ。

「お持ち帰りのデリで散財しようかな」

金曜の夜だ。お笑いのDVDでも借りて。寂しかったり悲しいことがあっても、無理にでも笑顔でいれば、それで不思議と元気になれるものだ。小さな頃から、晴琉《はる》はそうして生きてきた。

到着したエレベーターのドアが開いて、ふと晴琉が顔を上げると、そこに久瀬がいた。

「……!」

中から飛び出しそうな勢いだった久瀬のほうも、はっと息を呑《の》んでいる。彼はだいぶ前に帰ったのだと思っていた。

ふたりきりになることがないよう注意していたのに、不意打ちだ。

オフィスに戻ってきたのかと思ったが、久瀬がエレベーターから降りる様子はない。

——あれっ、これ上行き?

エレベーターの方向灯を確認しようと晴琉がそちらに目をやりながらあとずさったところを、突然久瀬から腕を摑まれ、強い力で箱の中に引っ張り込まれた。

「く……」

気付いたときには久瀬の腕の中。

久瀬は晴琉を片手で抱きとめたまま、右手でパネルを操作している。

「久瀬くん?」

ドアが閉まり、体感で、エレベーターが上昇していることに気付いた。

——何これ、何が起こってんの。

久瀬が呼びかけに答えてくれず、晴琉は黙るしかなくて、彼の腕の中にいても身の置き所がない。

いくらもしないうちに、どこかの階でエレベーターがとまった。

「だ、誰かが」

乗ってきたらどうすんだよ！　と問う暇もなく、久瀬の身体に押し出されるままに、うしろ向きでよたよたとエレベーターを降りる。

非常灯が点《つ》いているだけの、まっ暗な階だ。オフィスとして機能していないのか、とにかく何も分からない。

どうしても放すまいとする久瀬に片手で抱きかかえられ、引き摺《ず》られるようにしてうしろに進む。足がもつれそうになって、晴琉は久瀬にしがみついた。

「ちょ、久瀬くんってば。何、ここどこ」

「誰もいないとこ」

久瀬の声が耳元で響いて、それだけで腰が砕《くだ》けそうになる。

——あ、わ、わ、やばい、やばいやばい！

「久瀬くん、ちょっと、は、放してくんないかな」

「いやだ」

「ええっ？」

かどを曲がった辺りで壁に背を押しつけられたかと思うと、久瀬に身体がしなるほど強く抱きしめられた。訳が分からなくて目を瞬かせても、久瀬はお構いなしに掻き抱いてくる。

「……久瀬くん？」

「もう待てなくて。そしたら、おまえがいきなり、いるから」

合わさった久瀬の胸から、心臓がものすごい速さと強さで動いているのが伝わる。

「久瀬くん……どうしちゃったの」

「おまえのことが、好きなだけ」

そして息が押し出されるほど強く、久瀬に抱きしめられた。

——……好き？

聞き間違いかと思うから、ろくに反応できない。

「キスしたい。めちゃくちゃに抱きたい。今すぐ……！」

「久瀬くん？　何、それ、どういうこと」

「伝えなきゃいけないことがいっぱいで、その順番とか、分かんねぇんだよ。あれ言おう、これ言おうってさっきまですっげぇ考えてたのに、おまえの顔見たらもうぜんぶぶっ飛んで」

ぜんぜんうまく言えない、と晴琉の肩口で小さく呻いている。

固まっていると、やっと久瀬が少し身体を離してくれて、そっと顔を覗き込んでくるから、晴琉も怖々と彼の表情を窺った。

久瀬は不安そうな、泣き出しそうな顔をしていて、晴琉はもうそれだけで、かける言葉を失った。

「おまえにきらわれたんだって考えたら、すごい怖くて。俺は人に好かれるような人間じゃないから、好きになってもらえなくて当然で、今まではべつにそれでいいやって思ってた。だけど……俺は、おまえにあの一回で『あきらめる』って言われたのが、最初から引っかかってて、納得してなかった」

「で、でもそれ分かってて、したんじゃん」

「どうして納得できないのか、あのときはまだ、もやもやするばっかりで、自分でちゃんと分かってなかったんだ。自分の傍にただ置きっぱなしで、不幸にするだけだって思ってたし。けっきょく最後にいらないものになるのは、無神経で自分勝手だから、だからそんな俺じゃだめなのかって」

久瀬が言葉を選び、彼の想いについて懸命に話してくれている。それが伝わるから、晴琉は胸を締めつけられながら彼の声を静かに聞いていた。

「でももう、分かった。俺は……おまえが……晴琉が好きで、ただ傍にいてくれたらしあわせで、ずっと一緒にいたい、いてほしいんだって」

久瀬にぎゅっと摑まれた腕が痛い。でもそれが彼の想いの強さだと思ったら、それすら心地いい。そういう強さで彼に攫《さら》われるのを、ずっと夢見ていたのだ。

晴琉が久瀬の腕をそっとさすると、久瀬は摑んでいた手をやっと少しゆるめてくれた。

「僕は久瀬くんのこと、無神経で自分勝手とか思ったことない」

晴琉の返事に、久瀬は驚いている。

「三年だろうと十年だろうと二十年だろうと、久瀬くんの傍にいられるかぎり僕は不幸なんかじゃないよ。誰かにおまえはばかだって言われても、嗤《わら》われても、僕は久瀬くんの傍にいることがしあわせだったんだよ。なんで僕のしあわせを、久瀬くんが決めるの。僕のしあわせは僕が決める！」

晴琉の熱のこもった言葉に久瀬は茫然として、ただ眸を揺らしている。

「久瀬くんは、ただ一緒にいてくれたらいいんだよ」

だってもともとは二十年後に、久瀬を断崖《だんがい》絶壁まで追い込んで「この先も一生、久瀬くんの傍にいさせて」と口説くという超強力粘着計画だったのだ。今そんなホラーみたいな二十年計画を吐露《とろ》するとビビるかもしれないから、久瀬に伝えるのはもっとあとにしよう、と思って晴琉はできるだけかわいく、にへっと笑った。

だけど久瀬は苦しげな表情で、やがて何か決意したように真剣なまなざしになった。

「……俺は、人をしあわせにする力も覚悟もないくせに、愛するってどうすればいいかも知らないくせに、『おまえを不幸にするだけだ』なんて、呆れるくらい傲慢で、なんにも分かってなかった。晴琉の気持ちと優しさに甘えてただけだった。ほんとに……ごめん……ごめん、晴琉」

久瀬が縋《すが》るようにして謝ってくるので、彼の腕に添えた手に力をこめる。

「久瀬くん……ずっと傍にいて。それだけで、僕はしあわせなんだから」

久瀬がなおも「ごめん」と繰り返すから「謝る以外の言葉で返してほしい」とお願いする。

すると久瀬は濡れた眸でじっと晴琉の目を見つめて、ひとつ頷いた。

「しあわせに、します」

久瀬の想いのこもった言葉を受け取って、じわじわと溢れてくる歓びで胸がいっぱいになる。全身が熱く歓喜するのを感じ、晴琉はとびきりの笑顔で「うん」と頷いた。

低温の粗塩対応で観賞用。あんな男のどこがいいの、と言われる典型かもしれない。心配してくれる人の気持ちは嬉しいけれど、でも久瀬の優しさを知らない人の言葉に従う意味なんてあるだろうか。

「興味ないって言いながら、久瀬くんははじめから、僕を拒絶してなかった。久瀬くんは背中向けてても、受け入れてくれてたよ。ほんとにだめだったら、一緒に遊んだり、泊めたりしてくれないだろ、って。そういう人なんだろうなって……僕が都合良く解釈しすぎかな」

問いに否定も頷きもしないけれど、久瀬は潤《うる》んだ目でじっと晴琉の言葉を待っている。

「そりゃ……ここのところは、いろいろあって、さすがにもうだめだなって思ってたけど。久瀬くんそのものが、僕のしあわせなんだよ。久瀬くんが傍にいていいって言うんだったら、もうぜったい放さない」

「……男前すぎ……」

「僕だって男だから。久瀬くんが僕といるとしあわせだって言ってくれるなら、僕だって久瀬くんをずっとしあわせにするよ」

心から誓《ちか》ってそう思う。

晴琉が手を伸ばすと、久瀬がその手を繋いでくれて、ぎゅっと指と指を絡めあった。ふたりの想いがしっかりとひとつになったのを感じられて、感激と歓びで晴琉の眸にじわりと涙が浮かぶ。その泣き笑いの顔を、久瀬にいとおしそうに見つめられた。

「久瀬くん……僕、ほんとにこれ、放さないからね」

「俺も放さない……けど、抱きしめるために放していい？」

指をほどいて、晴琉はにっこり笑って久瀬の頬を両手でなで、久瀬は晴琉の腰を抱いてくれる。

「それに、さっきはじめて名前呼びしてくれた。どさくさすぎて、びっくりする間もない」

「今更、どさくさじゃなきゃ呼べない」

「でも僕、久瀬くんの『おまえ』呼びも好きなんだ」

晴琉の腰を支えるように抱いていた腕の力を強くしてくれて、ふたりの距離がぐっと縮まった。

「久瀬くん、意外と照れ屋さん？」

いつもつーんとしている久瀬が、力を抜くみたいにくふっと笑うのがなんだかかわいい。

「晴琉……」

「うん」

「好きだ」

「もう耳タコだろうけど、僕も、久瀬くんが好きだよ」

いつもどおり。だけどいつも以上の想いを込めて言葉にする。

ぎゅっと掻き抱かれて、晴琉は最高潮のしあわせの中で、久瀬のキスを受けとめた。


会社を出て、「我慢できない。今すぐそこのホテルに入る」とごねる久瀬をなだめるのにだいぶ苦労した。

「えっちすんのにこっちはいろいろ準備が必要なんです。それに、知りあいに目撃されそうな会社近くのラブホとか正気の沙汰《さた》じゃないよ」

久瀬のマンションは恵比寿《えびす》でちょっと距離があり、ピークタイムに空いているか分からない新宿のラブホを探すよりも門前仲町《もんぜんなかちょう》の晴琉の自宅のほうが近いのだと説得して、ようやく納得させることができた。

移動の電車の中、そして最寄り駅からマンションまでの道すがら、思惑を外れて成功しなかった高木の画策《かくさく》について話をした。ふたりの意見はやっぱり「あの優しいお節介《せっかい》のおかげ」で一致して、友人の健闘《けんとう》に感謝したのだった。

やっとゴールとなる玄関で靴《くつ》を脱いでいると、上がり框《かまち》に腰掛けた久瀬が「駅からまた遠すぎ」と文句を言いながら晴琉のジャケットの裾《すそ》をぐいぐい引っ張ってくる。だから「技能給がケタ違いの久瀬くんちみたいなとこ住めないんだよっ」と晴琉も躱すのに必死だ。

やっと両方の靴を脱いだら「キスくらいさせろ」なんて引き寄せられて、久瀬の腕がスライムなみに絡みついてくる。

「ちょーちょーちょーほんとに待て。待ってください。僕だってしたいよ。分かるけど、キスしたらぜったいとまんなくなる。まずはお風呂、行かせてください。いきなり突っ込むとか無理だからって前も言ったよな！」

もうすでに半分のしかかられたような状態だ。晴琉が、ウェイト、のポーズで睨むと、久瀬は反抗期みたいな顔つきでやっとどいてくれた。

「爆発する。我慢しすぎて死にそうだ」

苦悩のポーズなんて大げさだ。しかし年末年始、そのあとも今日までずっと、頭の中は遅れてきた思春期みたいだったと久瀬から真剣に告白されたので、晴琉は笑うに笑えなかった。

「気持ちよすぎて死なせてやるから、待ってて」

瞠目《どうもく》している久瀬をその場に置いたまま、晴琉はバスルームに飛び込んだ。

「煽《あお》っちゃったよ……煽っちゃったけど……久瀬くんなんかすごそうで、怖い～」

最後は浮かれ調子で、晴琉は足をじたじたさせながら歓びを噛みしめた。

入れ替わりでバスルームに久瀬を押しやり、準備万端にして待っていたら、からすの行水《ぎょうずい》を疑う早さで出てきた久瀬が一直線にベッドへやってきた。

「ちゃんと洗った？」

「洗った」

「髪べしょべしょじゃん」

首にかかっていたタオルで濡れ髪をわしゃわしゃと拭《ふ》いてやっているそばから、久瀬がキスしてくる。

ちゅっと音を立てて「ちょっと」、また重ねて「久瀬くん」、あむっと食べられる。

ベッドに押し倒され、興奮をあらわにした顔つきの久瀬が、晴琉の動きを封じてのしかかってきた。そんな強引さと裏腹に、啄《ついば》まれたり、擽ったいキスが続く。

心地のいい重さ。好きな人の重みと体温だ。

唇が離れたかと思うと、着ていたカットソーと下着を手早く剝ぎ取られた。久瀬はバスルームを出てきたときから下着一枚だ。

今度は肌と肌をくっつけてベッドに横になり、抱き合ったままキスをする。

「久瀬くん……」

はじめて知る、久瀬の舌の味。

「なぁ」

「うん？」

「ディルドでやったときとおんなじ突き方していいの。強さとか深さ的な意味で」

図らずもあれが予行演習になったみたいで、晴琉は久瀬のまじめな問いににこりと笑って頷いた。

「久瀬くん、優しかったよ。久瀬くんはいつだって僕に優しい」

「あんなの使ったことなかったし、ケツに突っ込むとか、こえーもん」

「イくまでっていうか、射精するまでやめてくれないのは容赦《ようしゃ》なかったけど。何回もイってたのに」

「男は射精で終了だろ。普通そう思うだろ」

「出さなくてもイけるんだよ。今日は、久瀬くんのでイきたい」

久瀬の頬をなでて首筋に腕を回すと、彼がこくんと喉を鳴らす。

「挿れる前に、久瀬くんの舐《な》めていい？　舐めたい」

今度は晴琉が久瀬の上に覆い被さってキスをした。雄の本能で、組み敷かれるばかりじゃなくて、こういうのも興奮する。この人は僕のものだ、と征服欲を満たされるからだろうか。

「久瀬くん……好き……大好き」

唇をくっつけたまま告げると、「……俺も」と答えてくれる。

久瀬の下着を取り、すでに半勃《はんだ》ちの彼のペニスに手で軽く触れて、お互いの性器を重ねてくっつけた。

くちづけながら揺れる。久瀬に尻を掴まれ、揺らしてこすれあわせるだけで、熱い吐息が漏れるほどいい。

それから晴琉は身を起こして久瀬の下肢《かし》のほうへ移動し、勃ちあがったペニスの先にキスをして、口に含んだ。滑らかな剝き出しの粘膜を、舌全体で愛撫《あいぶ》する。

「久瀬くんのこれ、僕の中に、この根元までぜんぶ挿れてね」

「……晴琉、っ……」

久瀬の息が荒くなって、気持ちよさそうで嬉しい。吸い上げると、ぐずっと腰が揺れる。晴琉が口淫している間、久瀬が髪を優しく梳《す》いてくれるのが気持ちいい。

いっぱい愛してあげたい。こんなに好きなんだとおしえたい。

「晴琉、……俺、会えない間も、さっき待ってるときも、いろいろ見た。ネットで」

「えっちの？」

「うん――……あ、ちょ……ストップ。やっぱやばい、気持ちよすぎる。だめだ。もう挿れたい……あ、違う、その前に指で」

「すごい慌ててる。こんな久瀬くんはじめて見た」

きっとネットで仕入れた知識が、頭の中を激しく巡《めぐ》っているのだろう。

すると久瀬が拗《す》ねたように「しょうがないだろ」とぼやいて、晴琉をベッドに押し倒した。ちょっと乱暴に、だけどやっぱり優しい強さだ。好きな人にそれくらいの手荒な扱いをされるとむしろきゅんとする。

「ごめん、からかったつもりなくて。久瀬くんが僕のためにって考えたら、嬉しくて。ありがと、久瀬くん。好き」

久瀬と指を絡めると、彼はその手にキスをくれた。晴琉と同じ『好き』という言葉じゃなくても、彼の愛情が伝わる。

ゼリーを仕込んでおいたところに久瀬の指が入ってきて、晴琉はそれを、首を擡《もた》げて覗き込んだ。晴琉が痛がってないか確かめるように、久瀬はときどきこちらを窺ってくれる。

久瀬の指の束《たば》は抵抗なく、深く沈《しず》んでいく。久瀬はひとりごとみたいに「やわらか……」とつぶやいて、はじめて自身の指で晴琉の内側を知るからか、すごくまじめな顔つきだ。

真剣な彼の前で、晴琉のほうはだんだん観察する余裕を失ってきた。久瀬の指がとてもじょうずに、絶妙な強さでもって内壁をなでてくる。

「はぁっ……あっ……久瀬、くんっ……今のとこ、んっ……」

体勢を保っていられなくなったところに、久瀬が覆い被さってきた。

「晴琉……」

片手で抱きしめられ、舌を絡ませあいながら、後孔を捏ねられる。

「ん……んっ……、んっ、ふ、んぅ……」

晴琉も久瀬の背中に腕を回した。あの夜も、久瀬の肌と自分の肌が合わさるのが心地よかったけれど、同時にどうしようもない寂しさもあった。だけど今日は悦びしかない。

いくつかあるポイントを久瀬の指でこすり上げられ、掻き回される。

「久瀬くん、慣らしてたから……だいじょぶ、もうっ……」

繋がりたい気持ちが逸《はや》って、久瀬の腕に縋《すが》った。すでに準備は整えてあったから、充分だ。誘ってから待つ間もなく、柔らかい晴琉の後孔に久瀬のペニスが入ってくる。模《かたど》ったものではない久瀬自身の熱を感じて、晴琉は激しく昂《たかぶ》った。

「はあっ、あぁっ……久瀬くんっ……！」

「早く、こうしたかった」

苦しげに、切なげに、久瀬が耳元で囁く。彼もこうなることを待ち望んでいたのだと伝わってきて、悦びが増幅《ぞうふく》する。

久瀬と見つめあい、くちづけて、互いをぎゅっと抱きしめあった。想い人と心も身体も繋がっているのだと、ふたりで体感している。

「久瀬くん、好き。好きだよ」

「うん……俺も」

ぴったりとくっついていた久瀬が身を起こし、浅い位置をゆるゆると抜き挿ししてきた。

指での刺激で敏感になっていた胡桃を、雁首の括《くび》れでひたすら引っ掻かれるのがたまらない。感じるままに中がうねって久瀬を締めつけるから、よけいに強くあたる。

「ここ、気持ちいい？」

「んあっ、あっ、きもちぃっ……あぁっ、あっ……」

腰を引き寄せられ、執拗《しつよう》に抉られて小さな悲鳴を上げるほど。胸に迫《せま》るような、きゅんとするかんじがずっと続いている。

「あぁ……あ、んっ」

「ほんと、気持ちよさそ……中が、……すごい」

柔らかにとろけたところを抽挿《ちゅうそう》されると、悦びもあらわにびくびくと痙攣《けいれん》してしまう。

「……っ、晴琉……んぅっ、……」

自分の身体で、久瀬が感じてくれているのが嬉しい。

「久瀬くんっ……もっとっ、深くして。ぜんぶ、挿れて」

誘い入れた久瀬のペニスの先端がついに奥壁に届いて、晴琉はぶるりと身を震わせた。

今度は大きく動かさずに中の感触を味わって、久瀬が感じ入ったような熱い吐息《といき》を漏らしている。晴琉も目を瞑って、久瀬のペニスのかたちや硬さを感じた。自分の身体が彼でいっぱいになっているのを実感して身も心も昂る。

「いちばん奥んとこ、撫でてんの……分かる？」

晴琉は瞼をひくつかせながら、こくこくと頷いた。背骨がとけてしまいそうなくらいの快感がそこから全身に広がって、脳まで痺《しび》れて、呼吸の仕方を忘れてしまう。

「晴琉、ちゃんと息しろ。飛ぶぞ」

「……き、きもちぃ……」

「分かるけど。ちょっと目ぇ開けろ」

ぱくっと鼻の頭を甘噛みされ、我に返って、思わず笑ってしまった。久瀬も喉の奥で笑う。それからくちづけあったら少し落ち着いた。

「俺も、すげぇ、きもちい……」

うっとりと告げられ、身体の奥も、胸も、じんとする。これ以上ない深いところで久瀬を受けとめていることに、晴琉は感激した。

「ここにいるの、久瀬くん……だ。すごい……僕、久瀬くんと、セックスしてる」

下腹の辺りに手を置いて晴琉が呆《ほう》けたようにつぶやくと、久瀬は「今頃それ言うのかよ」とちょっと笑っている。

久瀬がその笑顔を引っ込め、ゆるやかに動き始めた。

浅く、深く、内壁をくまなく掻き回される。やがて大きなスイングになっていき、視界が上下に振れるほど突き上げられる。

「く、ぜくっ、んっ……！」

粘膜がこすれあうごとに快感がどんどん濃厚になり、晴琉は目を瞑ってそれを享受《きょうじゅ》した。瞼の裏が真っ赤になる。頭が快楽に酩酊《めいてい》していく。

ペニスの先端がいちばん奥の襞まで入り込んで嬲《なぶ》り、そこを執拗に蹂躙《じゅうりん》されて、晴琉は身体を引き攣《つ》らせながら喜悦の声を上げた。

「ひ、お、奥っ、突いてる、の……いい、よぅ……あぅ、ああっ……」

襞が雁首に絡まってじゅぼじゅぼとしゃぶりつくような蠕動《ぜんどう》。頭からつま先まで伝播《でんぱ》する強烈な性感を受けとめきれない。掻き回されるときの淫猥な音にもいっそう煽られる。

「……ひ、う、んぅっ……っぜ、くんっ、え、えっちな音、響っ……」

「……これっ……すご、すぎ……っ、……」

覆い被さってきた久瀬に、晴琉は両腕を絡ませてしがみついた。

互いを強く抱きしめあい、深いところばかりを責め立てられて嬌声《きょうせい》をとめられない。

「……っぜくんっ……！　あぁ、んっ」

「ちょっ、あ……だ、め、晴琉っ」

ふたりとも射精感が高まり、動きをとめてぎゅっと抱きあって耐えた。

だってまだ終わりたくない。足りない。もっと愛しあいたい。

「……奥んとこ、ほんとやばすぎだから」

「……僕の中、きもちいい？」

耳元で問うと、久瀬も同じように耳に唇を押し当てて、小さく「ん」と答えてくれた。

そんな久瀬のことが、なんだか、かわいい。いとしい。

「頭真っ白で、腰とまんなかった。先っぽまだじんじんしてる。よすぎて死ぬ……」

「ほんと？　……うれしい」

気持ちよすぎて死なせてやるからなんて宣言したけど、不安だったのだ。

まだ呼吸が落ち着かない状態で、久瀬が頬にキスしてくれる。髪を撫でてくれる。そんな小さなしあわせが積み重なる中、最初の絶頂はどうにかやり過ごしたけれど。

「でも、もうむり、次にキたら、僕、すぐイっちゃう」

「抜いてやんねぇけど」

お道具えっちのときもイったあとに、久瀬は背後からのしかかって放してくれなかった。きっと今日も本当に、抜いてくれない。何回もイきまくって、腰ががくがくになってしまうまで。

だから、もうぜったい放さないと言われた気分になって、嬉しがってしまう。

「なぁ……ディルドも、ここ、こんなふうに突いてた？」

深く嵌められたまま腰をぐっと押しつけられて、それだけで反応した内壁が久瀬の陰茎をきゅうううっと締めつける。晴琉は閉じた瞼をひくつかせ、こくこくと頷いた。

「入り口の辺りは締めつけるかんじで、中は舐めるかんじ……奥は強めに吸引される。先っぽんとこ、じゅぶじゅぶで、持ってかれそう……。こんな気持ちいいの、ディルドに先越された」

久瀬の拗ねた口ぶりに「何競《きそ》ってんの」と晴琉は眉を寄せながら微笑んだ。

「おまえ、あんとき、すげぇ感じまくってたし」

「あれだって、久瀬くんだったんじゃん」

挿入されたのはディルドだったけれど、久瀬に動かされていたのだし、だからあれほどまでに感じてしまったのだ。

「でも、ほんものの久瀬くんのが、ずっと嬉しいし、すごい……気持ちいい」

手を伸ばして繋がっているところにふれる。

「これ、好き」

「これって言うな」

晴琉が指先でペニスにふれたままでいると、中からずるりと後退し、ふたたび押し入られた。ひと突きされただけでスイッチが入り、太ももの内側がざっと粟立《あわだ》つ。

「久瀬くんので、いっぱい、よくして」

そこから手を放して枕を逆手で掴み、首を擡《もた》げて繋がっているところを覗き見た。足首を持たれて広げられているから、久瀬から丸見えだ。

久瀬のペニスが深く沈んで、抜けるほど浅いところまで来て、あっ、と思ったときに濡れそぼったものが弾け出た。

「抜けちゃっ……、んぅっ……」

「ひくついてる。入り口んとこも好きっぽい」

「うん、あぅ、そこ好き……ああっ、あっ」

浅いところを出し挿れされて、それからとろとろの奥まで、硬茎で煽るように攪拌《かくはん》される。

「あぁっ、あんっ、はぁ……、好きぃ……」

「これが？」

「……久瀬くんも、僕の中にいる、久瀬くんのもっ……」

快感で飛びかけている晴琉の答えに、久瀬がふふっと笑った。

「俺も、晴琉のぜんぶ、好き」

手を引かれて繋がったまま抱き起こされ、座った状態の久瀬の上にのせられる。

対面で抱きあい、落ち着く間もなく下から突き上げられた。

接合部が泡立って、ぐちゃぐちゃと派手に粘着音が響く。

「あ……やっ、……音、すごいよぅっ……」

そこをひたすら抽挿され、快感が強くなってくるほどに抱きつきたくなる。

身体を揺らされながら久瀬の肩口にふにゃりと頭を預けたら、「晴琉がそうやってしがみついてくるの、好きだ」と髪をなでてくれた。

「なぁ……俺もうイきそうなんだけど……。前、弄んなくてもイける？」

問いかける久瀬の声が今までになく甘くて柔らかい。かわいがられて、しあわせで、晴琉は快楽に耽溺《たんでき》したまま何度も頷いた。

「あぁ……イく、イきそ……や、やだ、やだ……まだ」

「離れないから。イっても抜いてやんないって言っただろ。だからもう、中に出させて。おまえん中、俺のでいっぱいにしなきゃ気がすまない」

「――……っ！」

強い所有欲をあらわに囁かれたらもうだめだった。

そうされる相手は身動きがとれなくなるだろうけれど、久瀬が好きだと言ってくれたから、ふたりでほぼ同時に果てるまで、晴琉は彼に抱きついたままだった。


朝、晴琉が眠りから覚めたら、目と鼻の先に久瀬がいた。

――すごいよ神様。久瀬くんが僕のベッドで寝てる。

彼の整ったかたちの鼻の先を指でちょんとすると、一瞬「ん」としかめっ面になって、目が開く。

「……何時」

晴琉にとってただひとりの王子様のお目覚め。昨晩、やっと想いが通じあった人だ。

「んと……七時」

久瀬は「まだ」とか「んぐ」とかよく分からない言葉をもごもご言いながら、晴琉の胸元に潜《もぐ》り込《こ》もうとする。

晴琉はこれまでにない反応に嬉しくなって、久瀬の頭をそっと抱いた。

「おまえなんで泊まってんだよ」とか「ソファーで寝ろって言っただろ」とか「じゃま」なんて言いながらぜんぜん追い出そうとしない久瀬のことも好きだった。

「起きろ」とお尻をむにゅっと踏んづけられたり、子どもみたいないたずらをされたり。だけど晴琉の分の朝食用のパンを買い足してくれている。置き忘れていたパンツを洗濯《せんたく》して畳《たた》んでくれている。彼のそういう小さな優しさに気付くたび、深く惹かれていった。

——また今日もさっそく「好き！」って思っちゃったよ、久瀬くん。

どこまでも際限なく、これからももっと彼を好きになってしまいそう。

「……いてぇよ」

「あ、ごめん」

いとしすぎて、久瀬を抱く腕に思いきり力が入ってしまった。

久瀬が巣ごもりしていたところからごそりとのびあがって、不機嫌そうな様子で見てくる。

——これもすごい。覚醒《かくせい》したらいつもどおりの顔！　ぜんぜん甘さがない！

「久瀬くん、おはよ」

晴琉は大好きな人と迎えた朝が嬉しすぎていつもどおり、にまにましてしまうのだが。

久瀬はそんな晴琉の顔をじぃっと見つめて、ゆっくりまばたきして、急に「ふふふっ」と笑いだした。

「えっ、何?」

「……なんかおまえ、ふわふわで、ソフトクリームみたい」

「は?　え?　何?」

意味が分からない。

困惑していると、久瀬に抱きしめられた。

「ふ、太ったって言ってんの?　僕、太ったりしてないよ」

「寝起きのぐしゃぐしゃの髪とか、雰囲気とか、ふわふわしててかわいいな、……しあわせだなって、思っただけ」

今度は背伸びをして、久瀬がそっけないそぶりで言う。照れてるっぽいからそこはつっこまない。

彼がしあわせだと感じてくれたのも嬉しくて、晴琉は「僕もしあわせ」と微笑んだ。

「今日ふたりでどっか行く?」

「……えっ」

出会ってはじめて、彼からのお誘いだ。晴琉はよろこびのあまりベッドから飛び上がった。

「なんかもう……無限に久瀬くんのこと好きになっちゃう気がする……」

「なんだそれ。答えになってねぇよ」

どこでもいい、と答えるのはもったいない。

朝食を食べながらふたりで考えよう、と晴琉はまだちょっと眠そうな久瀬の手を引っ張った。

（きみにしか興味がない）

KIMINISHIKA KYOUMIGANAI

■　久瀬くんとの休日　■

あんまりしあわせすぎると、「これは自分が都合よく捏造《ねつぞう》した夢なんじゃないか？」と夢見心地と現実の狭間でいきなり我に返ることがある。

「……なんだよ」

久瀬《くぜ》の頬に指がめり込む勢いで突きさしてしまい、晴琉《はる》は慌ててその手を引っ込めた。

「あ、いや、あの、うん……」

晴琉がへへっとごまかし笑いをすると、ベッドに横臥《おうが》して向かい合っていた久瀬は不可解そうな顔になる。

晴琉はたった今、久瀬の頬を突いた自分の指先に目をやった。膨《ふく》らみきった風船みたいにぱんと弾《はじ》けて久瀬が消えてしまわないだろうか、とふと考えての、たわいない行動だった。

「しあわせすぎて、これってほんとかなぁって、ちょっと確かめたくなったというか」

要領を得ない弁解だから、久瀬のほうは無言でただ晴琉を見つめている。

一年以上の片想いの末、久瀬と想いが通じ合ったのはついきのうのこと。

久瀬は出会って間もない頃、晴琉に向かって「きみに興味ない」と言い放った男だ。その久瀬から、まさか自分が愛されるなんて。紆余《うよ》曲折あって、さすがにもうだめだと思っていたところに青天《せいてん》の霹靂《へきれき》だった。

「だって僕のこと心底興味ないって態度だった久瀬くんが、昼間の外デートに誘ってくれた上に『クリスマスプレゼントあげてなかったし、なんか買ってやるよ』なんて言うんだよ？　さらに『今日はうちに泊まってけば？』って誘ってくれて……こんなの夢かもしんないって思うじゃん？」

昨晩は晴琉の部屋に久瀬が泊まった。以前は連泊しようものなら露骨《ろこつ》に「おまえ今日も泊まんの？」と言わんばかりの顔をされるのがデフォルトだったのだ。

——それが、こ、こんなっ……連日ベッドでいちゃいちゃとか……！

久瀬が「デートとかセックス、面倒くさい」というタイプだったことを晴琉はよく知っている。男とのえっちは準備やなんやかんやと、女性を相手にするよりたぶんもっと面倒くさいはずだ。

「うちのベッドでこんな格好で、今頃何言ってんだよ」

剝《む》きだしの股間《こかん》を久瀬にわしっと掴まれて、晴琉は「ふぇっ」と情けない悲鳴を上げた。久瀬は口の端を引き上げて鼻で笑っている。その性悪そうな笑い方だって、晴琉からすればかっこいい表情でしかなくて、きゅうんとしてしまった。

「ちょ、ちょっ、揉《も》むのやめて、久瀬くん」

「なんで」

「なんでって」

腕枕のポーズで涼しい顔をする久瀬に、やわらかな性器を弄《もてあそ》ばれている。指先で陰嚢《いんのう》を、手のひらで陰茎をさすられる。

「そんなことしてたらおっきくなっちゃうからさ」

「ちょろいな、おまえのちんこ」

「話の片手間にやめてってばぁ……」

「言い方がいやがってない」

久瀬ににやりとされて、晴琉は言葉に詰まった。

「う……もう。責任取る気ないくせに」

晴琉が恨《うら》めしそうに睨《ね》めても、久瀬は愉《たの》しげに喉の奥で笑うばかり——かと思うと、ふいに顔を近付けてきてくちづけられた。

軽いキスのあと久瀬は目を細めて、晴琉と短く視線を交えると再びくちづけてくる。今度はさっきより長く、くちびるを擽《くすぐ》られたり食《は》まれたり、愛撫《あいぶ》のキスをされた。その間も、久瀬はペニスをゆるゆると弄《いじ》るのをやめてくれない。

「おまえ、きのうも今日も俺とこんなことしてて、まだ俺を信じらんないの？」

「久瀬くんを信じられないんじゃないよ。こんなの夢みたいって……うれしすぎて」

思わずほわんと笑みをこぼしたら、久瀬は少し目を大きくしてじっと見つめてくるから、晴琉のほうはなんだかてれくさくなる。

たまらず目を逸《そ》らすと、久瀬の手が股間に深く入り込んできて、指先で後孔《こうこう》の縁《ふち》をすりすりとさすられた。

意地悪がどんどんエスカレートしてくる。晴琉が「く、久瀬くん」と名前を呼んで咎《とが》めると、くちびるをぱくんと食べられた。

啄《ついば》むキスを数回繰り返し、リップ音を立てて久瀬が離れる。

久瀬はどこか安心したような、おだやかな表情だ。

「……俺、性欲薄めって自覚あったし、セックスって面倒くさいって思ってたんだけど。相手がかわいくて、したくなることってあるんだな」

「え?」

下を弄られているせいで気が散って、久瀬の言葉をすぐに理解できない。戸惑っているうちに、半時間ほど前の性交の名残《なごり》で濡れている後孔に、彼の指がずぷりと入ってきた。なんと言われたのか考えようとしていたのに、あっという間に思考が霧散《むさん》する。

「……久瀬くんっ」

「そういえばおまえ、きのうも今日もここ、自分で準備して、俺にさせなかったろ」

「それは、だってっ……!」

セックスのための準備は自分ひとりでするもの、というような恋愛しかしてこなかったのだ。

自分がケガをしたくないから、淡々と拡《ひろ》げる。受け入れるために最小限必要な『作業』みたいなものだと晴琉はずっと思っていた。

「でも」

「おまえとのこと、面倒だなんて思ってない。こういうのも、ちゃんと俺にさせろ」

「でもじゃねーよ。なんとなく……させてもらってる感がしていやなんだよ。セックスはふたりでするもんだろ。今度ひとりで拡げるための準備したら、風呂場で犯すからな」

ひたいをくっつけてやさしく窘《たしな》められる。

——きゅん死する……！　風呂場で犯されるなんて逆にときめくんですけど！

「く、久瀬くん〜」

「何」

「さっきもしたばっかりなのに、えっちしたい」

晴琉の涙目の訴《うった》えに久瀬はくすりと笑って「俺はもうしてるつもりだったけどな」と、指をもっと深くされた。

「んぅっ……」

久瀬の長い指で内壁をこすり上げられる感覚に、晴琉はつま先を突っ張らせた。

「どこがイイんだよ。ちゃんと俺におしえろよ」

肩を抱かれて引き寄せられ、晴琉も久瀬の背に手を回す。

——わぁん……もう、もうもうもう、久瀬くん大好き……！

その想いを、久瀬の背中に這《は》わせた手のひらにこめる。

耳元で「ここは？　好き？」と問われ、晴琉はそれに素直に答えた。

好きになってくれただけでも奇跡なのに。久瀬は相変わらず言い方が意地悪だったりするけれど、今はそこにちゃんと愛を感じられるのだ。

「おまえ、ここ……指でされんのすごい好きだよな？」

ぷくりと膨《ふく》らんだ胡桃《くるみ》の、すぐきわのところ。まさにそこをピンポイントで抉《えぐ》られて、晴琉は奥歯を噛みながらこくこくと頷いた。まだ数えきれるくらいの回数しかしていないのに、久瀬は勘がいいらしい。

それから胡桃を指二本で横方向に撫でられたら、あっというまに鈴口《すずぐち》から蜜《みつ》があふれ出す。

「中、すげーきゅうきゅうしてる。じゃあ……この辺、掻《か》き回《まわ》すのは？」

「んんっ……！」

「泡立《あわだ》てるみたいにぐちゃぐちゃにされんのが好きなんだな。腰揺れてる」

「く、ぜくんが、えっちすぎるんだってばぁっ」

「ふっ……。えっちすぎるとか、はじめて言われた」

久瀬は愉しそうに笑って晴琉の中にローションを注ぎたし、わざと音を立てるように指を動かしてくる。ひくつくそこを久瀬に覗かれ、じゅぶじゅぶと部屋に響くほど攪拌《かくはん》されて、晴琉はたまらず腰を浮かせた。

「はぁっ、うっ……、んっ」

内腿《うちもも》がぶるぶると震える。

夢中になりかけていたところに久瀬がいきなり覆《おお》い被《かぶ》さってきて、硬くなったものを窄《すぼ》まりにぐっと押し当てられた。

久瀬は無言で晴琉を俯瞰《ふかん》すると、目を合わせて、ふっと笑う。

「……挿《い》れてほしい?」

「うん」

久瀬は「食いぎみで即答」とにやりとして、その顔があんまりかっこよかったので、晴琉はたまらず自分から手を伸ばして抱きついた。

■ 晴琉との休日 ■

映画は見たいから見るのであって、久瀬にとって暇潰《ひまつぶ》しのツールではなかった。まるで車窓の景色みたいにテレビ画面を眺めてしまい、内容が頭に入ってこない。早戻しボタンを押すのはもう三回目だ。

——あー、やめた。

密室映画は久瀬が好きなジャンルのひとつで、予想を裏切る意外な展開や、閉鎖的《へいさてき》な空間で繰り広げられる人間ドラマに、いつもなら二時間が短く感じられるほど夢中になるのに。

ブルーレイデッキの電源を落とし、民放テレビに切り替えた。チャンネルをチェックしてみたものの、ゴルフ、通販番組、再放送の学園ドラマ……と、興味がないものばかりだ。

久瀬はソファーに寝転がったまま頭を動かして、壁掛けの時計を見上げた。

土曜日、十六時。いっそ寝ようか、と思う。

——おっせぇ……。何時になったら来るんだ、あいつ。

あいつ、とは恋人である晴琉のことだ。

晴琉はきのう「あしたは休み」と言っていた。だから久瀬は金曜の夜中まで残業して、今日は午前中だけ出社し、どうにか仕事を片付けて帰宅した。それもこれも、晴琉との時間をつくるためだ。

出会って一年数ヵ月、恋人関係になってからはひと月ほどだが、晴琉は「あした久瀬くんち行くね」と言うだけで、何時頃になるとか、ちゃんとした約束をしたことがない。

出会って間もない頃、晴琉から『ごめん、今日行けなくなった』と連絡が入り、来ても来なくてもどっちでもよかった久瀬は「忘れてたし、べつに」と答えたことがある。だって待っていなかったのだ。以降も急に来られなくなったときには連絡が入るものの、久瀬がそんな調子なので、時間まで決めて約束する必要がないと晴琉は思っているに違いない。たしかに、久瀬も以前はそれでよかった。

——とはいえ。恋人になってまだ間もないわけだよ。毎日でもいちゃいちゃしたい盛りじゃないのかよ。

つきあう前、年がら年中「好き、好き」と言っていた晴琉だから、つきあったら相当だろうな、と思っていた久瀬は、ちょっとした肩すかしを食らっている気分だ。

過去に交際した女性たちは、久瀬が「大学でも会ってんのに今週末も会うの？」と顔を顰《しか》めるくらい、とにかくべったりしたがった。そして久瀬がそういう反応をすると決まって、「えー、大学で会ってんのも『会ってる』にカウントするの？」と苦笑されたものだ。

そんな久瀬が、まさか待ちぼうけを食う側になるとは。

会社でも会ってんのに、どころじゃなく、ランチタイムだって晴琉から誘われるのを久瀬は密《ひそ》かに待っている。大学時代の友人らがその事実を知れば「どうしちゃったの？　道ばたの変なキノコでも食った？」と久瀬にまじめに問うだろう。

――会社で会うのは、仕事上だとか、その延長でのことだろ。

なのに晴琉は「こうして会社でも会えるし、職場恋愛最高だなぁ」なんてにこにこするのだ。大学時代の歴代の彼女たちに文句を言われた意味をようやく理解した久瀬だった。さっきも確認したばかりだが、たいして時間も経《た》たないうちにまたちらっと時計を仰《あお》ぎ見《み》る。

――はやく会いたいとか思わないわけ？

毎週、土日連続では休めない。三月に入れば年度替わりで残業と休日出勤、退職や異動に関連した飲み会まで増えるというのに。

それからさらに一時間近く経ち、ようやく晴琉が現れたのは十七時過ぎだった。

「久瀬くん、寒かったよ～」

外の冷気を纏《まと》ったダウンコートのまま、晴琉が無邪気な調子で抱きついてくる。久瀬が「つめたっ」とぼやいたのに、晴琉はソファーに寝転がっていた久瀬の上に、ラッコのあかちゃんみたいに俯《うつぶ》せでのってきた。

「でもダウンコートの中はめっちゃあったかいよ。さすが、南極の寒さにも耐えられる仕様」

晴琉が身を起こして前のファスナーを開けると、あたたかそうな素材の淡いブルーのニットが見えた。久瀬が一度も着たことのない色の服。晴琉はこんなペールトーンの明るい色が似合う。

　無言でいたら晴琉に強引に手を取られ、彼の脇腹の辺りに導かれた。晴琉はにんまりして上機嫌だ。

　久瀬の気分などお構いなし。晴琉はいつも朗らかで、屈託《くったく》のない笑みで、他人のペースに合わせるのが苦手な久瀬を心地よい強さで巻き込む。

　晴琉のぬくもりにふれたら、それまで久瀬の中にあったもやもやが薄れ、心がとかされるのを感じた。

「外で何してたんだよ」

「有朔《ゆうさく》の買いものにつきあった。お昼にふわっふわのパンケーキ食べたよ」

　こんな分厚いの、と晴琉が手でそのサイズを表現してくれるが、わりとどうでもいい。あれの、腹に入ったかどうかも分からなそうな見た目に反して、最後にどっかりくるかんじが苦手だ。一度むりやり店に連れて行かれたことがあるので、いい印象がない。

　――男友だちとふたりでショッピングしてカフェランチ？　俺は頼まれてもいやだな。

　いろんなことが少しずつおもしろくないものの、晴琉の様子を想像すれば、かわいいやつ、とも思う。

「パンケーキ……まだはやってんのかよ。並ぶし、周りは女ばっかだし、あれ、うまいか？」

「え？　久瀬くん、行ったことあるの？」

嬉々として訊《き》かれ、久瀬は少し答えに迷った。しかし、今更ごまかせない。

久瀬は「一回だけ」と核心を避けて答えたのに、「デートで？」と問いを重ねられた。

その質問内容で、なんでそんなに楽しそうなのか甚《はなは》だ疑問だ。

久瀬はあらゆるものに無関心だが、いちおうデリカシーはある。まともに答えるつもりはなく「なんでもいいだろ」とぶった切ろうとしたら、晴琉は「え～」と不服そうな声を上げた。

「じゃあ、今度、僕と行こ？」

「……何が『じゃあ』なんだよ」

「久瀬くんがパンケーキ食べるなんて意外だし、他の人と行ったなら、僕も行きたいなって」

晴琉はそう言って、にまっと笑った。

嫉妬《しっと》というほどのものではないが、晴琉の『負けん気』みたいなものがちらっと顔を出している。これまで、嫉妬をめらめら見せられて「機嫌なおせよ」と慰《なぐさ》めるという予定調和を、久瀬は『恋人同士の形式美』としてすら楽しめなかったのだが。

――こいつ、かわいいな……。

自分の中に湧いたそんな感情を顔にはいっさい出さず、ソファーから身を起こす。

押しのけられるとでも思ったのか晴琉が慌てて体勢を変えようとしたので、久瀬は両手で晴琉の腰をぐっと掴んで引きとめた。

「せめてうまい店に連れてけよ」

久瀬がそう言うと、晴琉はぱっと目を大きくした。

「えっ、行く？　まじで？」

「ちょっとなら並んでもいい」

並んでいる時間も、晴琉となら楽しめる気がするのだ。

「待って待って、じゃあどこがいいかな？」

久瀬くんの気が変わらないうちに！　とでも思っているのか晴琉が焦《あせ》ってポケットからスマホを取りだした。いつも使っている口コミ検索アプリで探す気だ。

さすがの久瀬も待機の限界を突破し、渋面《じゅうめん》になる。

「おい、今決める必要ある？」

「だって行きたい店が日曜休みかもじゃん。それにどこも混むからオープンの時間に合わせて行けば、あんまり並ばずに入れるんだよ」

「日曜って、あしたぁ？」

「え、だめ？」

「つーか、おまえさぁ……」

晴琉のスマホを取り上げ、ソファーの座面と背もたれの隙間に押し込んだ。その数秒の荒技に晴琉が目を瞬《しばたた》かせているが、それに構わず「アウターぐらい脱げよ」と、くっつくのに邪魔なダウンコートを摑む。すると晴琉は久瀬に跨《また》がったまま素直に脱ぎ始めたので、久瀬はそれを手伝った。

「まじでおまえ、マイペースすぎんだろ」

「ええーっ、久瀬くんに言われたくなーい」

ひゃひゃっと笑っている晴琉の脇腹を狙《ねら》って、服の中に手を突っ込んだ。途端に晴琉が「うわっ」と身体をくの字にして、くすぐったさから逃れようとする。

「ちょ、久瀬くん、あはっ、わっ、ごめんっ、ごめんなさいっ、こちょこちょやめてっ」

久瀬は笑っている晴琉の手首を摑んで思いきり引っ張り、倒れ込んできたところを胸で受けとめた。

女の子みたいに軽くない。柔らかくもない。でも久瀬が求めているのはそういうものを抱いて得られる癒《い》やしや安らぎじゃなくて……。

――うまく言えないけど、俺は、晴琉が欲しかったんだ。

晴琉の存在そのものに、久瀬は自分の心が揺さ振られ、ほっとたゆむのを感じる。

晴琉の一途さやまっすぐさ、揺るぎなさにふれて、久瀬は生まれてはじめて震えるほど、人に対して愛情を感じた。心底から愛されて、本気で愛したいと思った。しあわせにすると誓《ちか》ったのだ。そして、これまでさんざん人の気持ちを粗雑に扱《あつか》ってきた自分をようやく省《かえり》みて、好きな人にきらわれることへの恐怖を知った。

――いくら『傍《そば》にいてくれたらいい』って言われてもな。

恋愛経験値が低い久瀬はこのところ、『理想の彼氏像』みたいなものに、自分をある程度は嵌《は》めておかなければ失敗するんじゃないか、という恐れを抱《いだ》いている。

晴琉が友人とパンケーキなど食べて十七時すぎにやっと部屋に来たとしても、『口に出してしまうと本当にきらわれそうな不満』はぐっと呑《の》み込《こ》む。いい年した大人（しかも年上）なのだし、好きだからこそ、晴琉の自由を奪うような狭量《きょうりょう》なことは言いたくない。

久瀬は、胸にのった晴琉の頭を両腕でぎゅうっと抱きしめた。晴琉は少し戸惑った声で「久瀬くん？」と身じろいでいる。

久瀬が腕をゆるめて見つめれば、晴琉も見つめ返し、胸に頬をつけたままにこりとした。笑顔に誘われて軽くくちびるを重ねる。一度キスをすると、もっとしたくなる。久瀬は晴琉を狭《せま》い座面に横たえ、抱擁《ほうよう》をとくことなく何度もくちびるを合わせた。

好きな人にさわりたい気持ちが弾《はじ》け、再び服の下に手を入れて素肌に直接ふれる。そのふれている自分の指までもが気持ちいい。

「……く、ぜくん」

晴琉の腰や背中をさするだけだった手を、前へ移動させる。親指で乳首《ちくび》を転がしてさすると、晴琉の閉じた瞼《まぶた》がぴくぴくとした。

——感じやすいのも、かわいい。

晴琉の舌を舌で擽ったりこすったりしながら、乳首をやさしくつまみ、乳輪を爪でそっと

ひっかいて愛撫する。

「俺が乳首弄ったら、おまえのここがびくびくする」

久瀬が晴琉の股間に太ももを押しつけて嬲《なぶ》ると、晴琉はその刺激にもどうにか耐えようと口を引き結び、「ん……」と鼻を鳴らした。

なかなか抵抗をあきらめず、晴琉は身体の力を抜かない。

「久瀬、くんっ……、ご、ごはん……夜ごはんは？」

こんなときにメシの話かよ、と脱力しそうになるが、そこが晴琉らしい。

「久瀬くんと一緒にスーパーで買いものして、作ろうって思ってたから」

「あるもんでいい」

「いつも冷蔵庫の中たいして入ってないじゃん～」

ごちゃごちゃうるさい口を再びくちびるで塞《ふさ》いで、ジョガーパンツの紐《ひも》をとく。ウエストゴムが流行しているおかげで脱がしやすいし、手だって入れ放題だ。

乳首の愛撫で半勃《はんだ》ちになっていたものを直《じか》に揉むと、キスから逃《のが》れた晴琉が「久瀬くーん」と困惑の声を上げた。外から帰宅したばかりだから「洗ってないのに」とか「準備してないよ」とか、そういうことだろう。

——とにかくさわりたい、今。

くちづけながら指の輪っかで晴琉のペニスをゆるゆると扱《しご》いて、硬く勃起《ぼっき》したところで手筒に変えて手淫してやる。ただ弄って遊ぶような域を超え、相手を高めるための熱心な愛撫。くちびるをほどくと、晴琉は懇願《こんがん》の顔つきで息を弾ませた。

「く、久瀬くんっ、挿《い》れるのナシだよ？」

耳孔に「分かってる」と言葉と一緒に舌を突っ込むと、晴琉が身を竦《すく》ませる。

晴琉は耳やその周りを嬲られるのに弱い。くすぐったさから逃げたがる身体を抱きしめて動きを封じ、耳朶《じだ》をしゃぶったり、舌で擽ったりしつこくするうちに、腕の中の晴琉が息も絶え絶えになっていく。

――……がまんできるかな、俺のほうが。

とろけるくらい気持ちよくしてやりたいし、愛撫に感じている晴琉を見ているとこっちがたまらなくなる。でも勢いでとか、欲望に任せてお構いなしに事に及ぶわけにはいかない。

久瀬は『セックス＝挿入《そうにゅう》』という認識だったが、晴琉とつきあい始めて、男同士は必ずしもそうじゃないのだと知った。挿入しないときは擬似《ぎじ》行為で満たし合うらしい。

久瀬が自身のスウェットを下げてふたりのものを重ね、晴琉の手をそこに導いた。

晴琉のものと手と腹の狭間《はざま》で、唾液を潤滑剤《じゅんかつざい》代わりにして互いの裏筋をこすりあわせる。これがこんなに気持ちいいと知ったのはつい最近だ。方法は他にもあって、これまでも晴琉におそわりながらいくつかふたりで試した。

「久瀬くんの、口でしてあげよっか？」

口淫《こういん》も疑似行為のひとつだ。

「ばか。自分だけよくなりたいわけじゃねーよ。晴琉としたいんだ」

鼻先をぺろんと舐《な》めると、晴琉は興奮のためか少し涙目で、うっとりとこちらを見つめてくる。その目がもう「好き、好き」と言っているようで、久瀬はちょっと笑ってしまった。

しかし。晴琉が今までどういう恋愛をしてきたのか知らないけれど、性的経験値の高さを含め、そのご奉仕《ほうし》精神がいったいどこから来るのか気にはなる。

——俺が不遜《ふそん》な態度だから無意識にそういう思考になってるなら、それはそれで問題だし。

気がかりではあるものの、久瀬も普通の成人男性なので目先の快楽には勝てない。

唾液《だえき》をたして、晴琉の手に久瀬の手を重ね、先走りも混ざってとろとろのところを大きく抜き挿《さ》しすると、晴琉は呼吸を短く弾ませる。

「はぁっ、あ……あっ、んっ」

「気持ちいい?」

久瀬が問いかけると、晴琉は揺すられながらも切なげな表情で「うんっ」とうなずいた。

「く、ぜくんっ……、でも、あ、あとで、ちゃんとお風呂に、入ってからっ」

「しないわけないだろ。……ああ、いっそ風呂でやってみる?」

ちょっと慣れてきたし、立ちバックとか——久瀬が囁《ささや》くと、晴琉は聞いているのかいないのか、「久瀬くん、好き」と片手で必死にしがみついてくる。

久瀬はいとしさを噛みしめ、晴琉の頭や耳殻《じかく》、首筋にたくさんキスをした。

好き、と言われると、うれしいのと同時に安心する。

――聞き流してた頃もあったけど、今はいくら貰《もら》っても、まだ足りないくらいだ。晴琉に好きだと言われたい。もう分かっているのに何度でも言ってくれる晴琉に、久瀬は自分がますます夢中になっていくのが少し怖いくらいだった。

■　晴琉の過去のこと　■

三月に入れば年度替わりで、社内はどこも慌ただしくなる。退職、昇級、人事異動、新入社員の受け入れ準備などがある上、ふたりが所属するEC事業部は通販サイトの要の部署だ。新年度に向けて通販の取り扱いが増える繁忙期《はんぼうき》でもある。

さらにこの先、四月・五月は連休に合わせて注文件数が増加、六月は夏物先取りセールを一部で開始……といった具合に、忙しい時期が続く。

久瀬はほんの少し前に上がっていったと思われるエレベーターのインジケーターを、ため息をついて見上げた。箱が一階へ下りてくるまで一、二分かかる。首を回してコリをほぐし、手持ち無沙汰《ぶさた》でスマホをポケットから取り出した。

あと九日で三月は終わり。時刻は十五時。天気予報をチェックすると、あさっての土曜日は雨の確率80パーセント。今週も休みを取れそうにないが、夜は久しぶりに仕事関係の予定がなく、会社帰りにふたりで飲みに行こうと晴琉と約束している。

しかし雨の中を出歩くのは好きじゃないので、久瀬は顔を顰めた。

食事内容に拘《こだわ》りのない久瀬は、スーパーやコンビニでつまみになりそうなものを数品買い、あとはビールがあれば宅飲みでいいのだが、晴琉は「あそこのナニがおいしいらしい」とか

「今話題のナントカ」とか、食事をレジャーみたいに楽しみにしているところがある。そんな晴琉を見ると「かわいいな、こいつ」と思うものの、久瀬は目的地へ行くまでが億劫《おっくう》だったりする。

土曜に行く予定の店は、晴琉がまだEC事業部に異動してきたばかりの頃、何度か連れて行ったことのある新橋《しんばし》の居酒屋だ。つまり、ふたりにとって仲を深めるきっかけとなった思い出の場所で、「久しぶりに行ってみる?」と珍しく久瀬が提案したのもあり、晴琉はとても楽しみにしている様子だった。

しかし、そこへ行くには屋根のないところをけっこう歩かなければならない。

――かといって、ほかにいい居酒屋とか小料理屋とか、知らないしな。

久瀬は、すぐに代替案を出せない己《おのれ》のデートプランスキルの低さと、雨の予報で、外食する気が八割ほど減退してしまった。

本音を言えば宅飲みにしたい。久瀬としては、晴琉といられればどこだっていいのだ。

――……いや……こういうのが俺の悪いところなんだろうし。

昔つきあっていた女性に言われたことがある。「浮気する男は何回でも浮気するし、殴《なぐ》る男は何度謝ってきても殴るんだよ。死にそうな目にでも遭《あ》わなきゃ、人ってなかなか変わんないんだよね」と。つまり久瀬が人に対して興味を持たないのはもはや性分で、「わたしとつきあったら変わってくれるかもなんて、もう期待しないわ」と言いたかったのだろうけれど、あの台詞《セリフ》はなぜだか忘れられない。相手の顔と名前は思い出せないが。

——でも期待されてるから変わるとか、今だけがんばればいいってことじゃない。無理をすること、がんばること、その境目もよく分からないが、晴琉が内心でがっかりしつつも健気に「宅飲みでいいよ」と久瀬に合わせようとするのを想像したら、それじゃいけない、と思い直した。

久瀬は晴琉とつきあい始めてから、晴琉の笑顔が見たいと思ったら、わりとなんでも前向きになれたり、がんばれるものだと気付いた。もう二度と晴琉を怒らせたくないし、切ない表情で泣かせたくないのだ。

——でも晴琉に怒られんのは、けっこう好きなんだよな。

「野菜は全部食べなよ」とか「コーヒーばっか飲みすぎー」とか。

——あとは、えっち関連で怒られるみたいなのとか……。

不埒《ふらち》な妄想をしかけたとき、背後から「お疲れさまです」と声をかけられて振り向くと、立っていたのは高木《たかき》だった。久瀬も「お疲れさま」と返して、ちょうど到着したエレベーターにふたりで乗り込む。

たまたまふたりきりになり、高木がちらっと久瀬を見て笑みを浮かべたので、久瀬は低い声で「何」と問いかけた。

「晴琉が毎日、楽しそうなんで。久瀬さんの最長交際記録二ヵ月をついに塗《ぬ》り替《か》えそうですね」

「今後もご心配なく」

久瀬が表情ひとつ変えずに返すと高木は「わお」と小さく驚いて、「でも、よかったです」と続ける。

「晴琉、ゲイじゃない人とつきあうのはじめてなんですよね。ノンケの人が恋人になってくれるなんて都市伝説だって思ってたくらいだから、背中に羽が生えたように毎日ふわふわにこにこで、『夢みたい』って言ってます」

久瀬の心のはしっこに、『晴琉の過去の恋愛』という針《はり》がぷすっと刺さる。久瀬が晴琉に訊《き》けずに気になっていたことだ。

「……ふーん……」

「久瀬さんには昔のこと話していいよって晴琉に言われてるけど、気になるなら、詳《くわ》しい内容は自分で訊いてくださいね。久瀬さんが訊けば晴琉はちゃんと話すと思います」

「…………」

「人に話せないような恋愛はしてないってことです。晴琉、まじめだし。引き際きれいで、ほだされてよりを戻すとかもない。もし今後どこかで元カレに会っても、そっちは終わってるって信用してあげてください。久瀬さんのこと大好きすぎて、疑う余地なんかないでしょうけど」

久瀬はゲイじゃないから、晴琉の過去の恋愛について気になっても、直接あれこれ訊きにくいのでは……と気遣《きづか》い、高木に「話していいよ」と託《たく》したのかもしれない。

「……うん。それだけ聞けたらいいよ。ありがとう」

あんまり素直に久瀬が礼を述べたものだから、高木が目を丸くしている。

それから高木は何かひとりで納得したように「あ、そっか」と呟いた。

「過去の男に興味なし、ですよね」

——いや、それは興味ある……。顔は見たくないけど、どんな男だったんだろ、ぐらいは。

けれど高木の言うとおり、さすがにそれを知りたければ本人に訊くべきだと思ったのだ。


晴琉の過去の恋愛話を聞き出すチャンスは訪れないまま、それからひと月が経った。デートプランスキルだけでなく、恋愛会話スキルも低い久瀬だ。

とはいえ、過去にふれるより、ふたりきりの時間を大切にして、ふわふわいちゃいちゃするほうが百倍楽しく建設的。そうやってひそかにしあわせを噛みしめているうちに、過去の男とのことなど忘れてしまう。

しかもこのところ仕事が忙しく、会える時間が少ないせいか、晴琉とすごす二時間は、十分、十五分ほどに感じられた。

——つきあう前はどんなだったかな……。こんなに会う時間少なかったか？

以前の自分はどうやってすごしていたのか、もはや思い出せなくなっている。

そんなことをつらつら考えながら、久瀬はオフィスの自分の座席につく間際に、晴琉がいる島のほうへさりげなく目をやった。

晴琉がディスプレイを指しながら説明する横には、新入社員が立っている。

――ちょっとその新人女子、晴琉との親密さがおもに俺の目に余るぞ。

四月に入り二週間の新入社員研修が行われたあと、フルフィルメントグループには女性が三名、その中には晴琉の大学時代の後輩とやらも配属された。久瀬がいるシステムグループには理系の新卒女子と中途採用の男性が入ってきた。久瀬は輸送コスト低減プロジェクトに専念するために免《まぬが》れたものの、晴琉はあっちのグループの新人教育係を任されたため、通常業務も忙しい中、毎日たいへんそうだ。

忙しいだけじゃなく、少々厄介《やっかい》なこともある。その大学時代の後輩とかいう女が「晴琉先輩、晴琉先輩」とやたら晴琉にべったりで、研修中という名のもとに、ランチタイムもぴったり隣をキープしているのだ。昼だけでなく、仕事上がりに飲みに行く日もあるらしい。今だって、教わっているというていで、やたら晴琉との距離が近い気がしてならない。

彼女は、晴琉がゲイだと大学在学中から知っているようだ。彼女曰《いわ》く。

「成末《なりすえ》さんってやさしいし、いつもにこにこかわいいキャラってかんじだけど、ああ見えてけっこう男らしいんだよね。人として好きっていうか、普通にかっこいいし、ゲイだって分かっってても恋愛対象として見ちゃうな～」

休憩室《きゅうけいしつ》で女子社員同士が社内の男性について話していた中での彼女の言葉を、久瀬は偶然聞いてしまった。

──『普通にかっこいい』ってなんだそれ。褒《ほ》めてんのか貶《けな》してんのか、どっちだよ。

意外に晴琉のことよく知ってるな、とか、ツッコミどころが多すぎて、内心でまず、おかしな表現に物申してしまったが。同僚と話すときは「成末さん」、晴琉本人には「晴琉先輩」と、彼女が呼称を変えていることにも気付いて、久瀬は半眼で「ふーん」と思った。

特段の焦《あせ》りはないものの「じつは俺が晴琉の彼氏なんだ（いいかげん粘着シートみたいにべたつくのやめてくんない？）」と告げればどうなるだろう、と実際にはできない妄想《もうそう》をする。

自分の恋人が慕《した》われるのはうれしいが、堂々たる『恋愛感情あります宣言』は潰《つぶ》しておきたい気分だ。

自分の後輩ににこやかな表情を向ける晴琉の姿を見届けて、久瀬は退社時間が連日二十二時コースの疲れとは別のため息をついて着席した。

新人教育はひと月くらいのもので、世間でいう大型連休明けには終了するはずだ。

挙動が気になる相手は、晴琉の恋愛対象にはなり得ない『女性』。なので、晴琉の心変わりなどは危惧《きぐ》していないが、いいかげんランチタイムくらいこっちに返せ、と言いたくなる。

四月に入ってからというもの、思う存分、晴琉とふたりでは会えていないのだ。

それぞれ忙しい時期で、どうしても日曜日に休めないときは平日に休みが振り替えられることもあり、そうなると晴琉とは休日が合わなくなる。

——なんとか時間を合わせてもたった半日や一日じゃたりない、っつーか。日曜の夜とか帰したくなくなるんだよな。

晴琉が「じゃあ、またあした会社でね！」と元気に帰っていくので、久瀬は内心で、おまえは名残惜しさみたいなもんはないのかよと思いつつ、「お、おう……」と斜《しゃ》に構えて見送るしかない。薄ら寒いドラマを真似て「（壁ドン）帰んなよ」などとできたら晴琉がよろこぶかもしれないが、そういう方面の羞恥心《しゅうちしん》とプライドをまったく捨てきれない久瀬だ。

——翌日の出勤準備して、下着から着替えから靴下すべて持参で最初から来いって話だよ。どこかの誰かに「基本えらそうだよな。そう思ってるんだったら、自分が泊まりに行けばいいじゃん」と怒られそうだ。

つきあう前から、久瀬の部屋にいるときの晴琉はずうずうしくて、そのあっけらかんとした行動力に自分が甘えている部分はたしかにある。でも、他人が自宅に居座るなんてストレスでしかなかった久瀬は、部屋で自由にしている晴琉を見るのがとても好きなのだ。

勝手に買ってきたアイスクリームを冷凍庫にしまい、映画鑑賞中の久瀬の横で気づけばそれを食べている。いとしさを感じながらそれを見つめると、「食べる？」と勘違いされたりして。

満腹で眠くなったら、晴琉は久瀬の傍で猫みたいに丸くなって寝る。久瀬がほっこりした心地で晴琉の髪をなでて、そこにくちづけていることなど、晴琉だって知らない。

――あぁ……抱きつぶしたいな。

晴琉とふたりで都心を遠く離れ、宿泊先のホテルからやむを得ず帰れなくなるシチュエーションなどだらだらと妄想したり、そんなちょっとあぶない思考がよぎってしまうくらいには、成末晴琉不足が深刻だ。

久瀬は、晴琉に相当嵌まっている。

それをなかなか上手《じょうず》に表現できなくて、久瀬の想いは晴琉にもたぶん70パーセントくらいしか伝わっていない。いざ晴琉とふたりきりになると、気持ちを言葉にするよりいちゃいちゃに頭を持って行かれて、その大事な部分がなおざりになってしまうのだ。

――大型連休明けてすぐの週末、それまでのがまん。

そこだけは、晴琉と休日取得を合わせた。晴琉は久しぶりに、金曜、土曜、さらに日曜も久瀬の部屋に連泊するはずだ。

久瀬はデスク上のカレンダーに目をやり、心の中で、あと何日、とプレゼントを待つ子どものように指折り数えた。

■　久瀬くんが知りたいこと　■

四月から五月にかけての大型連休が明けて、ようやく新人教育の全行程が終了した。晴琉がカレンダー通りにすら休日を取れなかったのは、彼らから日々出されるレポートの提出前チェックや、報告書作りに予想以上に時間を取られ、通常業務が遅れたためだ。

金曜日の今日も飲みに誘われたが、先週末も、新人教育報告会が行われた水曜日の打ち上げでも、同じメンバーで飲んでいる。さすがにもう許してもらえるだろうと思い、「他に用があって、ごめん！」と断って、晴琉はフロアをあとにした。

――だって久瀬くんちに連泊すんの、いつぶり？　三月の頭だったたっけ。

ロビーで待ってる、と久瀬に言われていたので、晴琉はエレベーター内でも走りたいくらいの気持ちだ。

ベンチでスマホを弄っている久瀬を見つけて、晴琉はにま～と頬をゆるめた。今から月曜の夜まで、久瀬を独り占めできる。なんて贅沢《ぜいたく》なのだろうか。

――久瀬くんも連休中に完全休日がなくて忙しそうだったしな。新人教育の担当じゃなくてもサブチーフだから、レポートチェックとかやってたみたいだし。

晴琉はうれしすぎてとけてしまった顔を戻せないまま、久瀬の前に立った。

「久瀬くん」

自分の声に、いっぱいハートマークが飛んでいる気がする。そんな晴琉に対し、久瀬はフラットな表情で「……あぁ、オツカレ」と普段どおりのクールな口ぶり、腰に響くイケボでそっけない返しだ。だけど、そこが好き。

ベンチから立ち上がり、歩き出した久瀬の横に晴琉も並んで、横から見上げた。すっと通った鼻筋と薄い唇、尖った顎、そして男らしい喉仏。この角度から見る久瀬のクールな横顔は、やっぱ最高に痺《しび》れるなぁ、と晴琉は思っている。

晴琉があまりにもにやにやしているから、久瀬が「……何」と眉《まゆ》を顰《ひそ》めた。

「めちゃめちゃかっこいいなぁ〜って。へへ」

「………」

久瀬はなんと返していいのか困惑しているようだが、いつものことなので気にしない。

「取得した休日、久瀬くんはちゃんと休めそう?」

「期限付きの仕事は水曜には上がってたから。予定どおり、月曜まで取れてる」

三連休だからどこかへ旅行とも考えたけれど、五日間の連休取得を二回に分け、今回はとくに何も計画しなかった。久瀬は本来これといった予定を組まずに気ままにすごすのが好きなタイプなので、そういう休みも必要だと思ったのだ。二回目に取得するほうで、ふたりでどこか行けたらいいなと晴琉は思っている。

「晴琉先輩！」

呼ばれて振り向いたら、駆けてきたのは晴琉が新人教育を担当していた五百城部《いおきべ》だった。

「今日は部内の新人だけで飲みに行くことになりました。晴琉先輩いないので寂しいですけど」

「あ、システムのほうの子も？　そうなんだ。よかった。ストレス発散して、来週から仕事がんばってもらわなきゃ」

晴琉の返しに五百城部は「ストレスなんてないですよ～！」と笑っている。

笑いながら、彼女は久瀬のほうをちらりと見た。

彼女から少し前に「『フルのほうの新人うるさい』って思われてないですかね」と相談され、訊くと「システムＧｒ《グループ》のサブチーフに睨《にら》まれてる気がして。注意します、すみません」と言われたのだ。晴琉はそんな視線を感じたことはなく「久瀬さんはクールな人柄《ひとがら》なだけで怒ってるわけじゃないよ」とフォローした経緯《けいい》がある。

「僕、月曜までお休みだから、ほんとに仕事は任せた。よろしく。じゃね！」

五百城部の「え～！」の声を受けながら手を振って、あさってのほうを向いている久瀬の腕の辺りを指でつまんだ。

「ごめんね。行こ、久瀬くん」

相変わらず、美人が目の前にいても、なんの興味も示さない人だ。

「うちに入った三人組、かわいいって評判でさ。他の部からの飲みの誘いが多くて。例年の新人教育でこんなに飲み会ありました？　っていうくらい」

久瀬にとってはどうでもいい話題らしく、清々《すがすが》しいほどのってこない。

オフィスビルを出たところで、やっとこっちを見てくれた。心なしか、久瀬がふて腐れているように見える。

「久ー瀬ーくん」

「よかったのか、あっち、行かなくて。教育係として誘われてたんだろ」

「行かないよ。今から月曜の夜まで、久瀬くんといられるって楽しみにしてたんだから」

もしかして久瀬は『俺たちの邪魔すんな』なんて思ってくれたのだろうか。

晴琉は「へへへ」と笑った。久瀬が「……なんだよ」と返した横顔が決まり悪そうに見えたので、大好きの気持ちを込めて一瞬ぎゅっと久瀬の手を掴んでぱっと放した。

「ごはん、予定どおり僕が決めたとこでいい？」

スマホでレストランの場所を確認していると、横から「うん」と久瀬の声が返ってくる。

「シャンパンも飲みたいな。なんかしゅわしゅわしたやつでスッキリしたい。久瀬くんも飲むよね」

晴琉の指先に久瀬の指がちょんとふれ、反対のほうを見ながら、それにも「うん」と答えてくれた。その彼の耳のはしっこがちょっと赤い。

ほんとは今すぐに指を絡めて手をつなぎたい——久瀬もきっと同じ気持ちなんだと晴琉は勝

手に解釈して、にんまり顔のままとりあえず駅へ向かうことにした。

恵比寿《えびす》のイタリアンレストランで食事を終える直前、珍しく久瀬のほうから「もう一軒行く?」と切り出された。食事しながらワインなど飲んだので、二軒目はバーやバルに、という話になり、さらに「晴琉がいつも行くようなバーで、騒がしくないとこ」とリクエストされたのだ。

久瀬の恵比寿のマンションから離れることになるけれど、時間はたっぷりあるので、ふたりは新宿へ向かった。

ネオンサインや派手な看板が目立つ通りから一本入ると、喧騒《けんそう》がすっと遠のく。

「ゲイオンリーのバーじゃないから、女性のお客さんもいるし、わりと気軽に行けるとこだよ。あ、バーテンとマスターが恋人同士」

晴琉の説明に久瀬は「……ふぅん」と返すだけで、店の前まで来ても、どういう風の吹き回しで外飲みしたいと思ったのかまったく読めない。

「久瀬くんは、ゲイバーに行ったことある?」

「オネエがいっぱいいる店なら。新人の頃、先輩に連れてかれた。胸とかすげーさわられて」

そのときの久瀬の状況が目に浮かんで、晴琉は「あはは」と笑った。

「今から入るのはそういうことされそうなバーじゃないから。でも……どうして？」

久瀬の意図がまだ伝わってこない。さっきのレストランを決めるときも、久瀬は「晴琉が食べたいものでいい」と言った。食に興味がない久瀬のことはよく理解しているし、店を決めるのに「なんでいつも僕ばっかり」と晴琉は思わない。

そんな彼が「晴琉がいつも行くようなバー」と明確なリクエストをしてきたのだ。

「久瀬くんから『バーに行きたい』って言われたの、はじめてだなって思って」

久瀬は晴琉を見つめたかと思うと、斜《なな》め下へ視線を逸らす。答えたくないのではなく、何か言葉を探しているように映る。

ややあって久瀬が晴琉と目を合わせ、口を開いた。

「……晴琉のこと、もっと、ちゃんと知りたい」

やさしくて、強い言葉。行ったことないからとか、冷やかしだとか、ただの興味本位で彼は「行ってみたい」と言い出したりしない。

もうなんでも知られている気になっていたけれど、久瀬が知っているのは、出会ってからの成末晴琉だ。

「久瀬くんがまだ知らない、僕のこと？」

「……ぜんぜん、まだいっぱいあるな、って」

いつか久瀬が、出会う前の晴琉についてとか、家族についてとか、知りたいと思ってくれるなら、ちゃんと話すつもりだった。

物心ついた頃から恋の対象はずっと同性で、失敗したり泣かされたこともあった。そんな世間一般的に見て普通じゃない自分をはじき出さずに護《まも》ってくれた両親についても、晴琉が久瀬に話せない内容はひとつもない。

「晴琉は俺の大学時代のことをわりと知ってるけど、俺は晴琉の大学時代のこととか、ほとんど何も……」

久瀬が吐露《とろ》した言葉に、晴琉はぱちりと目を大きくした。久瀬もその瞬間、口が滑《すべ》った……、というような顔をしたから、はっとする。

どうして大学時代の話題を出すんだろう？　と思ったが、新入社員の中にひとり、大学の後輩がいる。

オフィスで「晴琉先輩」と呼ぶ人は他にいないし、それがちょっと目立っているのを晴琉自身もなんとなく感じてはいたが。久瀬はいつもどおり興味がなさそうだったものの、もしかして少しは気になっていたのだろうか。

それに有朔からは、晴琉の過去の恋愛について、久瀬に「ノンケとつきあうのははじめて」「晴琉のこと信用して」とだけ話した、と報告を受けている。久瀬は「それだけ聞けたらいいよ」と返したらしいが、何か心境の変化でもあったのかもしれない。

「久瀬くん……、僕が久瀬くんと出会う前のこととか、話すの、やじゃなかったら」

「……聞いてみないと分からない」

「えっ？　だいじょうぶだよ、そんなヘビーなネタは持ってないから！　あー……、えっと、もう中に入って話そっか」

晴琉が久瀬の手を取って微笑《ほほえ》むと、久瀬は晴琉しか気付かないような薄い笑みを浮かべた。


一月の末からつきあい始めて三ヵ月ちょっと経っているのに、三月四月と忙しかったのもあり、いろいろ話すタイミングがなかったなぁと、ふたりで思う。

「久瀬くんちで、えっちばっかしてたからだよ」

「それは……遅れてきた思春期だから仕方ないだろ」

ソファー席に横並びで顔を寄せ合ってこそこそと話していたら、テーブルにフィンガーフードを運んできたマスターから「仲良しね～」とからかわれた。マスターは細身のおしゃれな雰《ふん》囲気《いき》のイケメンなのに、喋《しゃべ》ると若干《じゃっかん》オネエが入る。

「晴琉ちゃん。おとなりはもちろん、彼氏さん、だよね？」

マスターの問いに、晴琉は「へへっ、おんなじ会社なんだ。ノンケなんだけどね」とでれでれとした調子で答えた。

「ノンケと職場恋愛っ？　わーお、うちも職場恋愛ですー。彼氏さん、ようこそ～」

マスターから名前を訊かれ「久瀬くん、二十九歳」と晴琉が返した。

「晴琉ちゃん、イイ子なのに～なかなか……あ、こういう話」

マスターが指でバツを作って『しちゃだめ？』と晴琉に訊いてきたので、「そういう話するためにきたから」とオーケーサインを出す。

「詳しい話は晴琉ちゃんに訊いてもらうとして。ちょっとクジ運悪いとこあるけど、この子は恋愛に関してはすごくまじめだから。大事にしてやってくださいね」

「えっ、他のこともまじめだよ？」

「追試だ、単位が足りないだ、しょっちゅう言ってたからお勉強はまじめじゃないのかと思ってた～アハハ。じゃ、あとはふたりでごゆっくり～。隠れてちゅーくらいは見逃してあげる」

ぴらぴらと手を振って、マスターはカウンターのほうへ戻って行った。

マスターが和《なご》ませてくれたから、久瀬もようやくリラックスした様子だ。

この店に来るようになったのは大学二年のとき、つきあっていた彼がきっかけだ。それまではただ片想いしている状態が普通だったし、運良く身近なところで出会った人とつきあったり、ということもあった。

「この店とかに出入りするようになってから、わりと彼氏は途切れず……」

「途切れず」

久瀬の目がいつもよりぎらんとして見えるのは、天井《てんじょう》から吊《つ》るされたシャンデリアの光のせいだろうか。

「途切れなかったけど、長続きしなくて。それは一方的に相手のせいってこともあったし、僕があんまりノれなかったり、飽《あ》きられたりとか。思ったのと違った～なんて、小さな齟齬《そご》が重なって醒《さ》めたり。でも異性間も同性間もその辺は一緒だよね。別れる理由も似たようなもんだし」

つきあった人の数だけ指を折りながら話すと、久瀬からは「そうだな」も「なるほど」もなく、ただ無言になられてしまった。

ぶっちゃけて話しすぎただろうか。だけど晴琉だって二十五歳の男子で、普通にいくつかの恋愛はしてきた。それでも遊びの恋愛はしたことがないし、人に話して恥じる部分はひとつもない。

「え、引いた？　か、数？」

慌てて訊くと、久瀬は「いや、それは普通じゃないかな」と首を振る。

「……相手……年上？」

久瀬のはじめての質問だ。晴琉は少しほっとした。

「あー、上か、同じ年かで……上が圧倒的に多かったな。年下はない」

晴琉の答えに久瀬からも「そんなかんじする」とぼそぼそ返ってくる。

「こういうところで、相手に声、かけられるのか」

「うん。出会って、飲んで、話して、みたいな」

「…………」

「異性間の出会い方と同じじゃない？」

「……まぁ……」

久瀬の頭の中でぐるぐるしている内容が手に取るように分かる。

「こういうのはあんまり聞きたくないだろうけど、出会ったその日にえっちしたことない」

「…………」

「誘われたりしても。だってよく知らない人なのにこわいじゃん」

久瀬が訊きたいのはこういう内容で、同時に、なかなか訊けない内容であり、聞きたくない内容なのだろう。でも言わなかったら変に誤解されそうだから、あえて話した。

「久瀬くん」

シート上の久瀬の手の甲《こう》に、手のひらを重ねる。すると、久瀬はその手をくるりと反転させ、指を絡ませてつないでくれた。

晴琉に過去の恋愛があるように、久瀬にもある。

昔の久瀬も今の久瀬をかたちづくるファクターだと晴琉は思っている。

彼が人の心を適当に扱って傷つけたり、泣かせてしまった過去があるのは事実だ。でも久瀬はそこから目を背《そむ》けることも開き直ることもなく、過去の自分を悔《く》いていた。

久瀬はたぶん、他人の心と正面から向き合ったことがなかったのだ。こんなふうに手を重ねられたら撥《は》ねのけるばかりで、その人の顔をちゃんと見たことがなかったのではないだろうか。

——僕は何度撥ね返されても、久瀬くんを諦《あきら》めなかっただけで。それに、今の久瀬くんを好きってことは、過去の久瀬くんも全部受けとめることだって思ってる。

それをここで言葉にして伝えてしまうのは、彼にも同じ考えを暗に強要するみたいなものだから、いつか久瀬に言えたらいい。

今も久瀬からとくに意見などはないけれど、握りかえしてくれた手のぬくもりと伝わってくる力で、彼も晴琉とそう遠くない考えなんじゃないかと感じた。

久瀬は薄暗い店の中をふらりと見渡している。晴琉もその目線を追いかけた。

「今日は女の子のお客さんいないなぁ」

こんな日に限って、ここがゲイバーだと強く意識するような景色が広がっている。斜め前には顔を寄せ合って親密な雰囲気の男性カップルがいるし、少し離れたボックス席には肩に寄りかかっていちゃいちゃしている人たちもいる。声をかけ、かけられて、連れ立ってバーを出て行く男性ふたりは、今すぐ近くのホテルに向かいそうだ。

久瀬は無言で、その光景をただ眺めている。もともとゲイではないのだし、今この空間にいることをどういうふうに感じているのか晴琉には分からない。

——でも、久瀬くんは僕を好きだって言ってくれる。それだけでいいんだ。

カウンターに立つバーテンダーとマスターのほうへ目をやっていた久瀬がこちらへ顔を戻し、ややあって口を開いた。

「……クジ運、あんま良くないのは、変わらないな」

「なんで？」

「社内でも粗塩対応《あらじお》って言われてる男だし」

これは卑屈になっているというより、久瀬はただ愛されたがっていて、その証拠を欲しがっているように晴琉には見えた。

だから久瀬に向かってにっこりと微笑む。

「その粗塩だって、僕にはいい塩梅《あんばい》ですけども？　言ったでしょ。他人がなんて評価しようが、僕は僕のしあわせを久瀬くんだけがくれるって知ってるから、関係ないよ」

指にぎゅっと力をこめてつなぐと、薄暗い中で久瀬の目が少し大きくなった。

「……男前、だな」

「僕、男なんで」

見つめ合えば、胸の奥からぷくぷくと気泡のような熱い想いが溢《あふ》れてくる。

「……久瀬くん。ここでキスしたら、怒る？」

問いかけると、久瀬は目を合わせたままゆるりと首を横に振った。

——久瀬くんはゲイじゃないから、目の当たりにした現実とか、僕の過去とか、全部を手放して笑って受け入れられないかもしれないけど、そこを経《へ》た今の僕を愛してくれてる。それが久瀬くんの答えだって思っていいよね。

「よかった。今、したかったんだ」

晴琉はそう明るく告げて、久瀬のくちびるにそっとくちびるを重ねた。

軽いくちづけのあと、鼻先がつくほどの距離から離れられずにいると、今度は久瀬のほうからキスしてくれる。

――ほら。こんなにもしあわせだ。

久瀬とつきあったら、愛されているか不安になったりするだろうか、と最初の頃はちょっぴり考えたこともあったけれど、完全に杞憂《きゆう》だった。

こんなの、愛されてるとしか思えないもん――一点の曇《くも》りもなく、晴琉は久瀬の愛を信じているのだ。

■ 晴琉がくれるしあわせ ■

久瀬はソファーの端で、小さなため息とともに肘掛《ひじか》けにうなだれた。

二丁目のバーを出て「別の店にも行ってみる？」と晴琉に訊かれ、思わず「行きたくない」と直球すぎる答え方をしてしまったから。

久瀬は自宅マンションに帰っても、自分の気遣いの足りなさについて悶々《もんもん》と考えている。

晴琉は久瀬と入れ替わりで入浴中だ。

太ももの辺りに力なく置いた手のひらを見つめる。

「行きたくない」という身も蓋《ふた》もない久瀬の答えに、晴琉はなんとも軽く「うん」とうなずき、「この辺りだったら目立たないから、手つないで歩こ」と笑った。

久瀬のいたらなさをもまるっと受け入れてくれる、晴琉の懐の広さと深さに、自分は甘えているだけだと思う。

でも自分の意思は伝えないと、また別の機会に誘われたりなどされてはたまらない。久瀬がもう二度とああいう店に行きたくないのは本心だったのだ。

――だって……なんか、いやだった。

同性愛者たちが集まるバーが、というわけじゃない。久瀬が知らない晴琉を、そこで垣間見《かいまみ》てしまうのが少し怖いような、胸がじりじりと焦《こ》げつくようなかんじがするからだ。

――晴琉に過去の恋愛があるのは当然だし、それを拒否するつもりはないけど……。

店の中でべたべたしている男たちを目の当《ま》たりにして、晴琉もかつてそうしていたんだろうか、と無意識に重ねて見ていた。そうしているうちに久瀬は脳内でその男たちと闘《たたか》っている気持ちになり、やつらから晴琉を奪い取るなどして、思いのほか疲弊《ひへい》したのだった。

それに晴琉は過去、『思ったのと違ったとか、小さな齟齬が重なって醒めたり』が原因で相手の男と別れたことがあると話していた。

――俺とのことも、思ったのと違ったとか、小さな齟齬が重なったりしてないだろうか。今日みたいな、恋人の気持ちを気遣えない物言いや態度だと、ある日突然、『久瀬くんのことやっぱいやになっちゃった。ゴメンネ☆』とふられてしまいそうな気がしてならない。

死ぬほど恐ろしい妄想に行き着いて、久瀬はぶるりと震えた。

物音がして久瀬が顔を上げると、バスルームから戻った晴琉が勝手知ったる他人の家で、ウォータータンクの水をグラスに注いで飲んでいる。

「……晴琉」

久瀬は座っていたソファーからのろのろと立ち上がった。

「んー？」

晴琉は冷蔵庫の前。帰り道で買ったカップアイスを開けようとしていて、そっちしか見ていない。

「さっき、あの、ごめん」

理由も述べずにいきなり謝るから、振り向いた晴琉が目を丸くしている。

「何が？」

「さっき……行きたくない、って答えたやつ」

「えっ？　あ……あぁ、ゲイバーのこと？　いや、別にそんな」

「言い方、ひどかったなと思って……」

久瀬がもぞもぞと説明している口に、晴琉がバニラアイスをのせたスプーンを向けてくる。

「……え？」

「お風呂上がりのアイス、最高だよね。はい、あーん」

晴琉に促されて思わず薄く口を開けると、アイスを押し込まれた。冷たさがキンッと蟀谷《こめかみ》に響いて久瀬がしかめっ面《つら》になるのを、晴琉は楽しそうに見ている。

くすくすと笑ったあと、晴琉が話を戻した。

「久瀬くんが、どういう理由でも、そう思ったならしょうがないじゃん」

「……しょうがない……」

「ゲイがキモイ！　ってふうには見えなかったから、そういうんじゃないよね」

「違う」

「だって久瀬くん、僕のこと好きなんだし」

晴琉はふへっと笑って「アイスは溶ける前に食べる派なんだよね」と続け、まるで食べ盛りの子どもが白米を掻き込むみたいにしてアイスを食べた。

晴琉は本当に気にしてなかったようだ。話す寸前までぐるぐるしていた久瀬は、なんだか力が抜けて、その食べっぷりにちょっと笑ってしまった。

「とはいえ、久瀬くんが急いで食べさせたんだからね」

「え？」

晴琉はアイスのカップを手早く片付け、グラスの水をごっくんと飲んで、茫然《ぼうぜん》としている久瀬の手首を摑むと軽い駆け足でベッドへ向かう。

「は、晴琉」

久瀬の戸惑いもローテンションもキッチンに置き去りの勢いだ。

上掛けを捲《めく》り、先に晴琉がベッドに上がって久瀬を誘った。「ここいいよ」なんて晴琉にの隣を指されて、久瀬も「……これ俺のベッドだろ」と返す。

にこにこして待っている晴琉のすぐ傍に、久瀬も座った。

「僕、すごくはっきり覚えてるよ。久瀬くんがエレベーターから飛び出す勢いで、僕のこと迎えに来てくれた日のこと」

久瀬が晴琉に告白したときのことだ。

「一月二十六日。僕はあの日を一生忘れない。あれからまだ三ヵ月半くらいだっけ。今でも、電車にひとりで乗ってるときとか、思い出してにやにやしそうになるんだ。あの日、久瀬くんがくれた言葉を、僕はひとつ残らず信じてるよ」

晴琉が何をいわんとしているのか久瀬にはぴんとこなくて、じっと続きを待った。

「信じてるから、久瀬くんが言う言葉を全部プラスに解釈《かいしゃく》する。『行きたくない』のは僕みたいな性的指向の人間をキモイとか恥じてるとか、そういうんじゃなくて、久瀬くんが知らない昔の僕の姿を想像したくない……とか、かな?」

小首を傾《かし》げられて、久瀬は「……ちょっと違う」と答えた。

「傲慢《ごうまん》なこと言うようだけど……晴琉が、俺以外の男を好きだったとか、考えたくない、っていうか。あそこにいた男全員、なんの関係もないのに、敵に見えるっていうか……」

「敵」

「……頭ん中で闘い疲れた」

晴琉は目を大きくして、「あはは」と破顔する。

「久瀬無双《むそう》だ」

「笑うなよ」

「ごめん、だってさ……久瀬くん、気付いてる? それ普通、嫉妬《しっと》っていうんだよ。しかもけっこう濃いめ」

濃いめの嫉妬——強烈な指摘を受けて久瀬は固まった。

「あ、やっぱり気付いてない。あれでしょ、人の嫉妬には気付くのに、自分のことになると見えてない系だ」

「俺が傲慢だからじゃなくて？」

嫉妬といわれれば、他にも思い当たることがある。

晴琉の後輩女子。名前すら目にしたくないせいで、四字熟語みたいな名字だな、という失礼な認識しかない。今日は帰り際にその女が晴琉に声をかけてきて、久瀬はウォーターカーテンなど眺めるふりで彼女の存在そのものをガン無視していたのだ。

「盗られるかもって、心配だってしてないのに……嫉妬……」

久瀬の中に一方的な感情があるだけで、何か実害を被《こうむ》ったわけでもない。あの後輩女子、そしてあまつさえ見えない敵にまで、こんなに意地悪な気持ちになるものだろうか、俺が性格悪いからか、と思っていた。

——晴琉のこと……好きすぎる、から？

「は……はず……」

久瀬はなんともいえない恥ずかしさでいっぱいになった。かあっとして、蜂谷まで赤くなっている気がする。

てれてまともに目も合わせられない久瀬に対し、晴琉はうれしそうだ。

でも晴琉はその後輩女子をかわいがっている様子だし、彼女についてあれこれ言うべきではない気がする。あの女子が晴琉に好意を寄せていると偶然聞いてしまったことも。

「今まで嫉妬なんてしたことないから、いらついて、気分悪い、ぐらいに思ってた」

久瀬が苦笑すると、晴琉はにまにましていた口元を引き結んで、久瀬の手を取る。

「今日、僕、うれしかったんだよ。久瀬くんが僕を『もっと、ちゃんと知りたい』って言ってくれたこと。……で、まぁ、ちょっと調子にのって喋《しゃべ》りすぎちゃったかな。僕の悪いとこなんだよね、『自分がだいじょうぶだから相手もだいじょうぶだろ』ってつい思っちゃう」

「いや、俺は晴琉が生きてきた二十五年分を全部受けとめたいって思ってるから、聞きたかったんだ。そのわりに……見えない敵にまで嫉妬したわけだけど」

恋愛スキルが低いくせに、だいぶ高レベルな課題に挑んでしまったらしい。

「僕もおんなじ気持ちだよ。今の久瀬くんをつくってる二十九年分、全部ひっくるめて、受けとめたいって思ってるよ」

晴琉が「はい」と両手を広げてにっこり微笑んで待っている。

久瀬はそれを見て肩を揺らして笑い、思いきって晴琉に抱きついた。その勢いのままベッドにふたりでダイブすると、腕の中で晴琉が笑っている。

「久瀬くん、僕のことめっちゃ好きだね？」

問われて往生際《おうじょうぎわ》悪く一瞬沈黙し、久瀬は頰をゆるめて「うれしいだろ」と返した。

「うれしいよ、すごく」

くすくす笑い合ううちに視線が絡まる。鼻先をつけ、どちらからともなくキスしていた。啄んで擽って、くちびるで戯《たわむ》れる。

「久瀬くんと僕がふたりで行って楽しい店は、他にも、世界中にいくらでもあるよ」

「……世界。規模がでかいな」

晴琉の言葉はあたたかくて大きい。なんだか自分がとてもちっぽけなものにつま先を引っかけて、ひとりで大騒ぎしてしまっていた気がする。でもきっとそれもふたりにとって、大切なステップだった。

「好きだ」

ついさっきは訊かれても言えずにいたのに、伝えようと覚悟を決めなくても、勝手に口から想いがこぼれる。

そのくちびるに、晴琉がキスをくれた。

「んふー。僕も、好き」

互いを抱擁して、くちづけを交わす。

それだけで胸がきゅうんと痺《しび》れる。

熱い想いが溢れて、久瀬はくちびるをほどくことなく晴琉に覆い被さった。

自分の想いで身動きが取れないようにしてしまいたいという少し乱暴な欲望と、やさしく甘やかしたいという柔《やわ》らかな気持ちがいっぺんに湧き上がる。

服を脱がし、自分も脱ぐ間だけ離れて、ふたりはまたぴたりと重なった。

晴琉がことさら弱い首筋や耳を嬲って愛撫しながら、指で後孔をとろかしていく。容赦《ようしゃ》なく拡《ひろ》げようとする久瀬の指の動きに晴琉が「中に、ジェル、たして」と懇願《こんがん》してきた。

「ごめん、痛かった?」

「ううん。奥に、もちょっと……あ、んんっ」

晴琉は束《たば》ねた指で煽《あお》るように掻き混ぜられるのが好きで、その指を釣り針の形にして少し強めに、上の壁を刺激されるのも好きだ。

晴琉がよくなるところばかりを狙《ねら》う。でも毎回同じ反応じゃないから、それをひとつひとつ探って試して確かめる。指二本で胡桃を挟んでやさしく揉み込むと、晴琉がひくひくと喉を仰《の》け反《ぞ》らせて、尻を浮かせた。指の動きに合わせて、ゆらゆらと腰が揺れている。

「気持ちい? これ好き?」

「……っ……ひっ……」

声も出せずにいる。晴琉はすぐに呼吸を忘れて、快感を追うことに夢中になる。

「晴琉、声出して」

ひしっと抱きついてくる晴琉が「きもちいっ……」と吐息《といき》で訴《うった》えてくるのがかわいくてたまらない。

「……あ、ん、だめっ……、……っちゃう」

「イきそ？　このままイきたい？」

久瀬の首元で晴琉が必死な様子でうなずく。

「……っ、あ、あっ、あー……イく、イくっ……」

逃げそうになる身体を片腕で縛《しば》りつけ、首筋をあやしながら絶頂に導いてやる。

晴琉は溜まっていたものを腹の上に出しきると、久瀬に摑まっていた腕をベッドに放るようにして投げ出した。

欲望に素直に行動する晴琉らしい姿に、久瀬は思わず笑ってしまう。

「指だけでイっちゃったな」

「だって、久瀬くんがぁ……」

「……なんか、イかせたくて」

涎《よだれ》でも垂《た》れたのか晴琉が手の甲で口を拭《ぬぐ》い、呼吸が整わないうちに両脚を腕で抱えて「いいよ」と無邪気に、そして蠱惑的《こわくてき》な表情で誘ってきた。

「いきなり奥まで挿れていい？」

「うん」

硬く勃起したペニスの先で窄まりを刺激すると、そこが卑猥《ひわい》に蠢《うごめ》く。

「あ……ん、んん……久瀬くん、……ちょっと」

「何？」

「遊んでる？」

欲しがっているところに裏筋を押しつけてこするだけの動きに、晴琉が不満げな声を上げるのがおかしい。

「そこじゃないですー……もう、久瀬くんっ」

わざと腰を引くと、晴琉が「じゃあもう、挿れさせてやんない」と横向きになった。

「はーる」

「一回イったし、きっと中とろとろなのに。今挿れたら、久瀬くんだってめちゃめちゃ気持ちいいのに」

「ほんと？」

「あんまりよくて、とまんなくなるかもなのになぁ」

横臥した晴琉にちらりと流し目で睨まれる。久瀬は口元だけにやりとさせて、晴琉の後孔に、今度は焦らさず先端をずぷりと潜《もぐ》り込《こ》ませた。軽く道筋を確認してひと息に奥まで沈《しず》ませる。

「あぁっ……、……ぜ、くんっ……」

晴琉を横抱きにして、そのままつながったようなこんな体位はしたことがない。なんだか晴琉をよしよしとあやしている気分で、いとおしい気持ちが溢れてくる。

深いところに嵌め、「晴琉」と呼んで、振り向かせてくちづけた。

下肢《かし》は動かさずに、晴琉のくちびるや舌を吸う。指で乳首を縒《よ》り、爪で乳首の周りを擽ると、おもしろいくらいダイレクトに、晴琉の内襞《うちひだ》がきゅうんと久瀬のペニスに絡みついてきた。全体を舐めるような蠕動《ぜんどう》もいい。だから乳首を弄るのをやめられない。

「久瀬くーん、乳首取れちゃうよぅ」

「……笑わせんな」

久瀬が喉の奥で笑うと、微妙な振動が晴琉の奥を刺激するみたいで、晴琉の肩がびくびくと跳ねた。

「ねぇ、もう動いて？」

「挿れっぱなし、気持ちよくない？」

「なじみのないとこにあたってるもん」

晴琉の「なじみのないとこ」という言い方がじわじわきて笑えてくる。

「笑ってないで」

「じゃあ、そこ開発するとか」

「今はやだ、気持ちいいとこにしてよ～」

「どこ？」

ゆっくり引いて、腰を遣って深く沈ませる。晴琉は下からの衝撃を受けとめ、膝を抱《かか》えてぶるりと身を震わせた。よさそうなので、何度かそれを繰り返す。

「……そ、その、奥までくる、挿れ方、好きっ……」

「そんなかんじ」

中がきゅうきゅうと蠢いて、久瀬を気持ちよくしてくれるから分かる。

「はぁ、はっ……あ、あっ……」

「よくなってきた？　晴琉も、前、自分でこすって」

うなずく晴琉に密着して、今度は奥壁ばかりを抉るように突くと、中が快感で痙攣《けいれん》し始《はじ》めた。

「あぁんっ、あぁっ、……っ、んっ、お、奥ぅっ……」

久瀬も目を瞑《つぶ》って、晴琉がくれる快感を味わう。晴琉のとろけた後孔に、ペニスが呑まれそうで、ぞくぞくしてたまらない。

「腰、とけそう……晴琉っ……」

「あー……んんっ、く、久瀬くっ……、いっぱい、いっぱいこすってっ」

晴琉に覆い被さっていたところから身を起こし、腰を大きくスイングさせた。とろとろにとろけた後孔をこすりあげ、快感で満たして悦《よろこ》ばせる。

晴琉を、快楽で泣かせたい。夢中にさせたい。

「もっと？　してほしい？」

「あ、う……も……っと……！」

ばちゅっ、ばちゅっと内襞が硬茎を放すまいと絡みつく音を響かせるようにわざと動いて、晴琉を恥ずかしがらせる。

「あっ、あ、あ、や、やだ、お、音が」

快感と羞恥で半泣きになっている晴琉の耳元で「すごいな」と煽った。

だけどもう、久瀬も破裂寸前だ。晴琉を思いきり抱きたい気持ちをくすぶらせて日々をすごしていたから、すでに限界が近いことを感じる。

「晴琉っ……このまま、中に出していい？」

時間があまりないときや翌日仕事のときは、ゴムをつけてすることも多いから。

「な、かっ……中に、……奥に出して」

妊娠《にんしん》させるわけでもないのに、どうしてだか晴琉の奥を汚《よご》すとき、久瀬は背骨が溶けるかと思うくらいに感じて、とてつもなく満足するのだ。

「あ、あぁ、久瀬くんっ」

晴琉が身を捩《よじ》ってこちらへ手を伸ばしてくる。キスしてほしい、と呼ばれている気がして、奥を責めながら久瀬は晴琉にくちづけた。

――あぁ……好きだ。

ふたりで一個の塊《かたまり》になれた気がする。とてつもない充足感は最高の快楽へと続いていて、もうすぐそこへ到達しそうだ。

最後はちゃんと晴琉の顔が見たい。もっと交わりを深くしたい。

晴琉の片方の脚を摑んでしがみつき、久瀬は腰をさらに深くした。

「……っ、出すよっ……」

夢中で突き込み、腰を振る。最後の律動《りつどう》で酸素が脳に回らなくなる寸前、久瀬は晴琉の奥壁
「あっ、ああっ……！」

に先端を押しつけて達した。

同時に絶頂した晴琉の内壁にきつく絞《しぼ》られながら、奥壁と鈴口の狭間で白濁《はくだく》がしぶく久しぶりの感覚に、腰がびくびく震える。

中にたっぷり吐精《とせい》して、放心している晴琉にそのまま折り重なった。

「す、げ……よかった……」

「……ん……」

でも抜きたくない。摑まるように抱いていた晴琉の脚をもとの横向きに戻して、つながりをとかずに晴琉を背後から抱擁《ほうよう》する。

いとしくてたまらない。放したくない。

久瀬が回した腕に晴琉が手を添えてこちらを振り向いた。

晴琉がキスしてほしそうなときは分かる。だからやさしく抱きしめてくちづけた。

好き、と何度も囁くみたいなキスをして、互いに「ふふっ」としあわせの笑みがこぼれる。

「今日の体位、好きだな」

「僕も」

ちゅう、ちゅうと音を立ててキスしたり、ぱくっと晴琉のくちびるを食べたりする。

「久瀬くん、僕にキスするとき、えっちの最中はかっこいいんだけど、今みたいなときはなんかすごくかわいい顔してるんだよ」

むふっと笑う晴琉のそれこそかわいい顔にキスして、「俺にかわいいなんて言うのおまえだけだぞ」と返しながらまたキスをした。

晴琉を柔らかな強さで抱きしめる。いくらしてもまだ足りない気がして、その髪に、耳朶に、頬に、久瀬は何度もくちづけた。

晴琉がくすぐったそうに笑っている。自分の腕の中で晴琉をひとりじめしていることが、久瀬はうれしくてたまらない。

「……楽しいな」

「うん。楽しいね」

つらつらと悩んで、頭と胸に詰まっていたものが、気付けば跡形もなく消えている。例の後輩女子に関するもろもろを晴琉に言えないまま棚上《たなあ》げしてしまったけれど、満たされている今はそんなことより、しあわせに全身で浸《ひた》っていたい。

「はる」

名前を呼ぶ声、呼び方も、砂糖をたっぷりまぶしたみたいな恥ずかしいほどの甘さが滲んでいるのが自分でも分かるけれど、他の誰が聞いているわけでもない。

「んー?」

「しあわせ」

ぎゅっと抱きしめると、晴琉が目を合わせて「僕も、しあわせ」と応《こた》えてくれた。

じんわりとあたたかいものが胸に広がって、晴琉を大切にしたい、と思う。

愛してる、はまだ言ったことがない。でも今自分の中にあるこの感情が、もしかしてそれじゃないだろうか、とぼんやり思う。

「晴琉……」

ついさっき確かに満たされたはずなのに、また欲しくなってきた。

かつて晴琉に対して「きみに興味ない」と言い放ったことでさえ異次元の出来事みたいだ。自分が晴琉に夢中になっているのを、久瀬は自身の変化のあちこちで感じている。

——ずっとこうしていたい。俺以外の誰にもさわらせない。あしたもあさっても、そのもっと先も。いつもすぐ傍にいて、このしあわせを感じていたい。

晴琉のうなじにくちづけて、腰をぐうっと押しつける。受け入れている晴琉にもそれが伝わり、久瀬の腰にそっと手を添えてまるで「いいよ」と言うように力をこめてくれた。

晴琉をぺたんと俯《うつぶ》せにさせて、挿れっぱなしだったペニスをゆっくり動かし始める。

「……あ……、あ……んっ……」

「尻、少し突き出すみたいにして」

心地よい圧迫感で晴琉の内襞が先端から根元まで絡んできて気持ちいい。ゆったり抜き挿しして晴琉の耳孔に弾む息遣いを吹き込み、奥を掻き回して、快楽の無限ループになる。

「……はぁっ……」

「く、久瀬くっ……も、もっと……いっぱいっ、突いて」

四つん這いになった晴琉を背後から揺すり上げながら、これはこれでひどくエロティックな気分になっていいけれど、早く向かい合わせで晴琉とぎゅっと抱きあいたい、と久瀬は思った。

■ 久瀬くんとのケンカ ■

久瀬《くぜ》と休日取得を合わせて、土曜・日曜・月曜と仲良くいちゃいちゃべたべたの三連休を過ごし、火曜日に出勤するまではよかった。

晴琉《はる》がオフィスに顔を出してすぐ、新人三人組のひとり、晴琉の大学時代の後輩である五百《いお》城部《きべ》が、青ざめた顔で駆け寄ってきた。

「晴琉先輩、すみません。さっき分かったんですけど、商品に紐付《ひもづ》けのはずの管理番号と、現品についている管理番号がズレてるのに気づかずに、全数発送処理してしまって」

つまり、もともと商品の検品担当がミスをして、五百城部は管理番号の不一致に気づかないまま出荷処理をした、ということらしい。内容を確認したところ、特注オーダーのイヤリングだったので数はそれほど多くないが、お客様が到着を楽しみに待っている商品だ。

「商品はまだ有明倉庫にある?」

「一部、配送センターから出てしまったものもあります」

五百城部は「すみません。わたしどうしたら……」と泣きそうな表情だ。

「反省はあとで。とりあえず五百城部さんは倉庫の出荷をとめて。配送センターのほうはお客様へ配達する前に引き返せるか、僕が交渉《こうしょう》してみる」

それからすぐにもろもろの処理とフォローに回り、お客様へ間違った商品が届いてしまうという最悪の事態はなんとか免《まぬが》れた。対応が間に合わず配達されてしまうと、着払いでの返品、返金、あらゆる処理のあと、再販売しなければならなくなるところだった。

午後にはひとまず問題解決したが、五百城部は晴琉に深々と頭を下げたあとも、すっかりしょげている。

「新人教育が終わってまだ間もないのに僕が三連休を取っちゃったから、不安にさせただろうし、僕のフォローが行き届かなかった部分もあったと思う」

五百城部を慰《なぐさ》めようと晴琉が自身の反省を口にすると、彼女はますます「晴琉先輩に迷惑かけちゃいました……」と落ち込んでしまった。

——ああ〜、どうしようっ。あしたからまたがんばってもらわなきゃいけないのに……！

晴琉にとって五百城部はこの職場ではじめてできた後輩のうちのひとりだ。任された新人たちに対する責任感は、他の社員らに比べて人一倍強い。

「五百城部さん、みんなも、今日暑かったし仕事あがりに飲みに行かない？」

ばか話でもして笑って、元気を取り戻してくれたらいいな、という思いで、晴琉は五百城部だけじゃなく他の新人にも声をかけて飲みに誘った。

飲んでいる途中で他の新人たちが「用があるので」と帰ってしまい、五百城部とふたりきりにされたその段階でちょっといやな予感はしたのだ。

五百城部に「やっぱり、今日、すごく痛感しました」と切り出されたとき、晴琉はてっきり仕事の反省会の続きだと思って彼女の言葉を待った。「そのことはもういいから」ととめる前に、いったん話を聞いてあげようと考えたためだ。

「晴琉先輩が好きです」

予想とまったく違う内容に頭の処理が追いつかず、五百城部の顔を凝視《ぎょうし》してしまう。断じて見つめたつもりはないが、結果的にそうなった。

五百城部が照れくさそうに俯いたから、晴琉は声も出せずに慌てる。

「晴琉先輩のこと、いいな、ってずっと前から思ってたんです……。やさしくて、でもちゃんと引っ張ってってくれるところもあって、それに、あの……かっこいいし」

今日のトラブル処理の三百倍くらいの難題を前にして、晴琉は固まった。

「……い、いや、五百城部さん、だいぶ酔《よ》ってるよね？」

お酒のせいにしてお互い忘れましょうと促《うなが》しているのに、五百城部は「酔わないと言えないこともあります」ときっぱり言いきるのだからお手上げだ。

「あー……あの……当然知ってると思うけど、僕はゲイで」

大学時代にも公言していたし、彼女もそれを知っている。

「分かってます。でも、好きって気持ちに、そういうの関係ないですよね」

「……う……」

好きになるのは勝手でしょ、というのは、晴琉が久瀬に対してさんざん言ってきたのと同じだ。しかし、晴琉は女性を好意的に思いはしても、これっぽっちも恋愛対象に見れないし、久瀬以外の人との恋愛など塵《ちり》ほども考えられないと断言できる。

晴琉にとって接する女の子はみんな『友だち』だ。やさしくだってするし、泣いてれば慰めたり励《はげ》ましたりもする。スイーツ食べに行こうよと女子に誘われたら、元来甘いものと新しいもの好きなので「行く行く！」と気軽についていく。友だちなんだから当たり前だ。

普通は相手もそういう晴琉を承知の上で誘ったり遊んだりしてくれるわけだが、ときどき、五百城部みたいに『万が一の可能性』という勝算ゼロの大博打《おおばくち》を打ってくる女子がいるのだ。

——職場恋愛の現状をそのまま言うわけにいかない。僕はカミングアウトしてるけど、その辺のこと、久瀬くんとまだ話してないんだし……。

それでも、恋人がいる事実だけは伝えられる、と決意した。

「いや、あの、でも僕は……」

「即答しないでください！」

周囲に響くほど強い口調でとめられて、晴琉はうろたえた。五百城部は涙目だ。

「わたしは思いつきや軽い気持ちで言ったんじゃありません。だから少しくらい、考えてほしんです。……晴琉先輩だって酔ってますよね。だったら、お返事は素面《しらふ》のときにしてください」

検討《けんとう》もしていないような『NO』は受けつけません、と言わんばかりだ。

それからあっという間に、彼女が「今日は、いろいろありがとうございました」と先に帰り、残された晴琉はひとり大きなため息をついた。

しかし、返事のための時間を一週間貰《もら》おうが一年間貰おうが、晴琉の気持ちは変わらない。五百城部はかわいい後輩であり、これからも同じ部の同じグループで働く仲間として大切にしたいが、それ以上の想いはないのだ。

——しかも今日のこの飲み会のこと、久瀬くんに話してないし。なんて言おう……。

仕事で失敗した後輩を慰めるために飲みに行ったんだよと、事後報告するつもりだったのだ。告白されたことでなんとなく、普通の話としてでも久瀬に報告できなくなってしまった。

社内の女性からの告白を久瀬に相談するわけにもいかず、ひとりで悶々《もんもん》と考えた末、晴琉は金曜の終業後に五百城部を丸の内のカフェに呼び出した。

残業で遅くならない週末は、いつもなら晴琉が「ごはん行こ」「お泊まりしていい?」と久瀬に声をかけて一緒に過ごす。だから木曜日の終業後に五百城部と話せないかチャンスを窺っていたものの、仕事が立て込んで遅くなってしまった。

この件を金曜に持ち越したくない。だって週末に久瀬を誘わないと変に思われそうだし、久瀬から「金曜の夜どうする?」なんて訊《き》かれたら適当な嘘をつかなければならなくなる。

ところが、晴琉が惑っていたタイミングで、久瀬のほうから会えそうにないという内容の連絡があった。システムグループに急ぎの仕事が入ったらしく、『金曜と、土曜もどうなるか分からない。時間できそうだったらLINEする』とのことだった。

——結果的に久瀬くんに嘘つかずにすんだけど……。

晴琉からすれば彼女と会うことが久瀬を裏切る行為ではなくても、できれば嘘はつきたくない。しかし嘘をついてないからといって、気分が軽くなるわけもない。

——つきあえない、って彼女に話をして、ここできちんと終わらせなきゃ!

いよいよ五百城部と席につこうとしたとき、晴琉のスマホからLINEのメッセージ受信音が鳴った。

席につく前だったので、ちらっとスマホを覗き、画面を見てぎょっとする。

このタイミングで、久瀬からだ。

『今から会える?』

どっと汗が噴き出る。悪いことはしていなくても、こそこそしているからだ。

「五百城部さん、ごめん。ちょっとLINEに返信していい?」

晴琉の慌てた様子に、五百城部は快く「どうぞ。ドリンク選んでます」とメニューを手に取ってくれたからほっとする。

しかし、たらたらとLINEでやり取りしているわけにはいかない。晴琉は咄嗟《とっさ》に『有朔《ゆうさく》とごはん中』と嘘の内容を返信した。晴琉が職場を出るとき、有朔も一緒だったからだ。

——騙《だま》そうとか、自分の保身のために隠そうとして嘘ついてるわけじゃないし。

これでしばらく時間が稼《かせ》げる、とスマホをテーブルに伏せて置いたら、すぐに返信が来た。

妙な胸騒ぎを覚えつつ、そろっと画面を覗く。

『高木《たかき》なら、俺の目の前にいるけど？』

「——っ⁉」

嘘が秒でバレた。

頭が真っ白になる。晴琉はスマホを手に持ったまま固まった。

「……晴琉先輩？」

「えっ、あ、いや、なんでもな……」

また受信音が鳴って、手元に目線を落とす。

『誰と何してんの。相手はあの後輩女子？』

指摘に驚いて、晴琉は思わず周辺を見回した。もちろん久瀬に見られているわけはない。でもピンポイントで目の前にいる相手を当てられたことが、とても不可解に思えたのだ。

なんでバレてるんだろ……と青ざめ、心底どきどきしながら『そうです。ちょっと話をしてて』と内容は濁《にご》して返した。

すぐにまた受信音が鳴る。ロック画面にメッセージが表示され、晴琉はそれを目で追った。

『その女に好きとか言われてるんじゃないよな』

――ひっ……久瀬くんってエスパーなのっ？

『おまえ何やってんの？』

立て続けに秒速で届いたメッセージはただただ怖すぎて、既読にもできない。

何も知らないはずの久瀬が、ものすごく鋭い推理を働かせ、しかも見事に的中している。

――たしかに、今週ずっと、五百城部さんのことをどうするかばかり考えてたけど……。

火曜日の夜に告白されてから、ひとりで「どうしよう」とオロついていたので、ちょいちょい挙動不審だったのは認める。だから久瀬はなんか様子が変だな、と感じたのかもしれない。

五百城部に告白された段階で久瀬に話すべきだったのだろうか？　後輩の女性社員からの告白を、違うグループとはいえ同じ部の恋人に？

いくら考えても、職場恋愛の恋人だからこそ社内の人間のプライバシーに大きくかかわることをぺらぺら喋《しゃべ》るわけにいかない、と晴琉は思ったのだ。

「晴琉先輩、だいじょうぶですか？　なんかあったんですか？」

五百城部に気遣《きづか》われ、晴琉は「いやっ……」と返し、ひとつ息をついた。

――目の前に彼女いるし、久瀬くんとこのままＬＩＮＥで揉《も》めるの無理。

嘘をついた言い訳とフォローをするためにこのあとすぐ久瀬くんに会わなきゃ、と重い決意をしつつ、最後のメッセージは未読スルーでいったん保留にする。

晴琉はスマホをポケットにしまい、五百城部と向き合った。

「五百城部さん……ごめんなさい。あなたの想いには応《こた》えられないです」

ゲイだからこれからもそういう可能性がないこと、相手が社内の人だとは明かさなかったが恋人がいることも、晴琉は彼女に丁寧《ていねい》に伝えた。

五百城部は納得したようで、最後に「分かりました。会社では、これからもよろしくお願いします」と明るく応えてくれて、晴琉はほっとした。

ところが、五百城部の件がようやく解決し、話していた店の前で彼女を見送って、やっと久瀬のところへ向かおうとしたら、連絡が取れなくなってしまったのだ。

『ごめんなさい。今から会えますか？』『今どこ？』『連絡ください』――断固拒否、とばかりに晴琉が送ったＬＩＮＥはすべて未読、電話をかけても無情な圏外《けんがい》アナウンスが流れるだけ。

自宅マンションには帰ってるかもと押しかけてみたけれど、久瀬の部屋の前まで来て留守と分かり、茫然《ぼうぜん》と立ち尽くす。

「……どこ行っちゃったんだろ……久瀬くん……」

冷静になれるまで放っておいてほしいという強い意思表示なら、ここで久瀬の帰宅を待つのが賢明な判断とは思えない。

あきらめて帰るしかなく、八方塞《ふさ》がりになってしまった。

嘘をつくなら完璧にしてほしい、と晴琉もかつての恋愛で何度か思った経験がある。

——どうしよう……久瀬くんに言い訳のひとつもできてないのに月曜だよ……出勤だよ……。

晴琉は通勤電車のドアの横に立ち、ぐったりとうなだれた。

嘘をついた上に久瀬からのＬＩＮＥメッセージを既読スルー&未読スルーしたことで、完全に怒らせたのだ。

久瀬からは返信も折り返しの電話もないまま土曜になり、昼過ぎにやっと『仕事』とＬＩＮＥがきた。それにすぐさま『ごめんなさい。言い訳させてください』と送ったけれど、『連絡する』と返ってきたあと、再び途絶えてしまった。もともとこの週末の予定が立てられないくらい久瀬は仕事が忙しかったのだから仕方ない。ひと言だけとはいえ会話の余地を窺わせる返信があったので、晴琉としてもいくらか気分がマシだった。

日曜になって、久瀬の連絡を待てずに『会って話したいです』と晴琉が送信すると、今度は『用があって昨晩から実家。連絡する』、さらに数時間後に『急遽《きゅうきょ》月曜、火曜で泊まりの出張になった。いつ時間が取れるか分からない』と、落胆《らくたん》するような返信ばかり。

そんなわけで、嫁《よめ》に逃げ帰られた冴《さ》えない亭主《ていしゅ》のような気分を味わった週末だった。

混雑した通勤電車の中で、しくん、と涙が出そうになる。

もしかして本当は話し合うのもいやで避けられてるだけなのでは、と疑心暗鬼《ぎしんあんき》になった。でも最後のLINEには『出張』と明確な理由が書いてあったのだ。話ができないまま週が明けてしまったけれど、晴琉のほうは待つしかない。

嘘をついたのは百パーセント自分が悪いし、やっぱり久瀬には前もってちゃんと話しておくべきだったのかな、とこの週末に考えた。同じ会社の女性から告白されたことを久瀬に話したところで、久瀬はそれを他者に吹聴《ふいちょう》などぜったいしない。

——いや、でも五百城部さんの立場だったらやだよな。やっぱそれは話しちゃだめかな。そんなふうに彼女のことだけ気遣ってる場合じゃなかった？　もう分かんないよー。

久瀬に余計な心配をさせたくなかったとはいえ、もっとじょうずなごまかし方もあっただろうに。よりによって『有朔とごはん中』なんて脆弱《ぜいじゃく》すぎる嘘をついた時点であとの祭りだ。

——でも、彼女に対してちょっとおかしな態度取りそうって、久瀬くんを疑っちゃったのは否《いな》めません。ごめんなさい。

最初は例の如《ごと》く『他人に興味のない久瀬龍之介《りゅうのすけ》』が出ているだけだと思っていたが、三連休前にロビーで五百城部に声をかけられたとき、久瀬がことさらに彼女の存在そのものを無視する態度を取っている気がしたのだ。久瀬の反応をどことなくおかしいと思いはしたものの、目先の楽しさを優先して深くは考えなかった。

「睨《にら》まれてる気がして」という五百城部の言葉を鵜呑《うの》みにすると、久瀬は晴琉より早くに何か感じていたのかもしれない。

好意を持っている者の目線を、久瀬は見抜いていたのだろうか。

——僕だって気付かなかったのにな……。でも、久瀬くんが本当にエスパーなわけはないよね……。

有朔から昨晩、心配するＬＩＮＥメッセージが届いて、『だいじょうぶだよ』と返すしかなかったけれど、ぜんぜんだいじょうぶではない。

——今日とあしたは久瀬くん出張だし、生殺し状態で心臓がもたない。まじで死ねる……。

久瀬とつきあう前も、軽くスルーされるくらいのことなら何度もあった。気まずくなったりしてつらい時期もあった。でも、つきあいだしてからははじめてだ。

——つきあう前だってつらかったけど、久瀬くんにさんざんやさしくされてたっぷり甘やかされたあとだから、痛みの感じ方が……ありえないくらいきつい……。

早く話したいのはやまやまだが、久瀬が火曜日の何時頃に出張先から戻ってくるのか分からない。そのうえ、連日出勤のあとの出張疲れのところに『会って話したい！』なんてしつこくして「こっちの状況もちょっとは考えろ」と思われたら最悪だ。

——ふ、震える。あの日だって「俺のこと好き好き言ってても、女といるのごまかすために嘘なんかつくんだ？」って思っただろうし、僕が嘘ついたことで信用失ってる。自分本位で、これ以上きらわれそうな無理強《じ》いはやめよう。

しかしこのままだと水曜日に、ケンカ中の恋人と職場ではじめて顔を合わせなければならなくなる。

『職場恋愛最高』なんて能天気なことを言えるのは、ふたりの関係がうまくいっているときだけだ。

――だって僕が悪いんだ。『連絡する』って言ってくれたんだから、信じて待とう。会えたときに、久瀬くんにちゃんと謝ろう。誤解とかしてるかもしれないから、分かってもらえるまで話そう。でも……仲直りしてくれるかなぁ……。早く仲直りしたいよ、久瀬くん。

息の仕方を忘れそうになる。こうなったのは自分のせいだけど、この苦しさから早く救ってほしい。そうしてくれるのは久瀬以外にいないのだ。

■ 晴琉とケンカ ■

「……晴琉が女といる」

スマホがミシッと音を立てた……ような気がした。七ミリほどしかない精密機械を、久瀬が力いっぱい握りしめているからだ。

「く、久瀬さんっ、壊れる、スマホが壊れる！　落ち着いて！」

その焦《あせ》った声に顔を上げると、久瀬の目の前に高木がいて、あぁ……そういえばこいついたんだった、と我に返った。

ここは新橋《しんばし》駅西口、待ち合わせスポットのＳＬ前。そこから駅構内へ続く広場は、仕事帰りの会社員などでいっぱいだ。

「晴琉が？　何、どうしたんですか？」

高木が、神妙な面持《おもも》ちで問いかけてくる。

久瀬は険《けわ》しい顔つきで高木を見据《みす》えた。

「晴琉が女と浮気してる」

断言すると、高木はきつく眉《まゆ》を寄せて「ええっ？」と悲鳴のような声を上げる。

もともと久瀬は、今日は遅くまで残業のつもりだった。しかし仕事の進行の都合で予定変更となり、「本日は早めに退社。土曜日に出て終わらなければ、日曜出勤も視野に入れておいてほしい」と上司から言い渡されたのだ。

じゃあ金曜だし晴琉を食事に誘おう、と久瀬は考えた。そのとき、社内にスマホを忘れて取りに戻ったという高木と偶然会い、「たまには三人で飲む?」といつもの久瀬ならしないような提案をした。

かつては、彼女の友だちを交《まじ》えての食事なんて、『彼氏としてふさわしい人物かどうか』『顔面偏差値《へんさち》、センス、金払い』に対する上から目線な評価の場、もしくは『わたしたちラブラブなのよ』を顕示《けんじ》したい場でしかないだろ、と久瀬らしく毒っけたっぷりに嫌悪していたのだが。

ふと、晴琉と高木の会話を傍《そば》で見聞きし、会話に入るのも楽しいだろうな、と思ったのだ。

久瀬が知る限り高木は、晴琉のいちばん仲がいい友人だ。久瀬も高木は『晴琉を介《かい》してつきあいが長くなる人』という意識で見ている。

高木は久瀬の誘いに驚きつつも「いいですね」と同意してくれた。

それから新橋駅までの道すがら、残業がナシになった経緯《けいい》や、休暇中にふたりでゲイバーへ行ったことなど高木にぽつぽつ話しながら晴琉にＬＩＮＥを送ったら、件《くだん》の浮気疑惑が発覚したというわけだ。

――気の迷いの結果がこれだよ。くそっ。

「まさか！　浮気なんて、そんなことあるわけないですよ！」

久瀬の断言に対し、高木も強い口調でそう言いきった。

「現に今、晴琉は女と会ってるのを俺に隠してる。高木とごはん中、なんて信憑性《しんぴょうせい》高そうな嘘までついて」

それには高木も「えっ……」と困惑ぎみだ。アリバイ工作に勝手に名前を使われたのだから、当然だ。

高木はきまずそうにして、「いや、でも、浮気はないと思います」とさっきより控《ひか》えめに久瀬に進言してくる。

「なんで？　ゲイだから？」

「晴琉、女の子のことは友だちとしか思ってないです」

「俺も、あいつは女に心変わりなんてするわけないって、今の今まで思ってたよ。でも、そんなの分かんないよな。俺だってあいつを好きになったんだ」

それを言われると返す言葉がないのか、高木は一瞬黙った。

「でも、浮気はないです！　俺、言いましたよね。相手が男でも、晴琉に限ってそういうことはぜったいにないって。何かの間違いです。……で、どういう状況なんですか？　相手は誰か、久瀬さんは分かってるんですか？　詳《くわ》しくおしえてください」

力強く説得されて、久瀬はため息をついた。

しかし晴琉が今一緒にいる相手は、同じ会社の新入社員の女性だ。うっかり知ってしまった色恋沙汰《ざた》を、噂話としてペラペラ喋るような行為はもともと好きじゃない。加えて、晴琉は友人の高木にも話していない様子だ。

短く考え、久瀬は「いや」と首を振った。

「あいつがおまえに話してないことを、俺が憶測《おくそく》を混ぜて、勝手におまえに話せない」

すると高木は虚《きょ》を衝《つ》かれたような顔をして、「あぁ……そうですね」と引き下がる。

「相手……、なんとなく分かりますけど……。晴琉が俺にも話さないのは、その子のためでしょうし……」

高木はそんなふうに納得しているけれど、久瀬はむかっとしてしまった。相手の女のことは気遣うくせに俺の気持ちはないがしろかよ、という憤《いきどお》りが瞬間的に湧いたのだ。

LINEで送ったメッセージは既読スルーされ、最後は未読スルーだ。

後回しにされてむかつくとか、晴琉の優先順位の中ですべて俺が一番じゃないといやだとか、そんな傲慢《ごうまん》なことを言う気はないのに、ちっとも冷静になれなくて、子どもみたいな幼稚な感情で胸が埋《う》め尽《つ》くされている。とにかく全部が気にくわない。

「帰る」

久瀬の暗いひと言に、高木が「……はい」と同意した。

自分から誘っておいてあんまりだな、と思うが、今は高木のことまで気遣っていられない。

高木とはそこで別れ、どこへ行くとも決めないまま、久瀬は人波にのって駅の構内へ向かった。

一歩進むごとに、腹の底からふつふつと怒りの気泡《きほう》が湧き、そして同時に悲しくもなる。

晴琉に嘘をつかれた。

嘘をついてまで晴琉は何を護りたいのだろうか。そこに自分は入っていない、ということだけは間違いない。

——けっこう、きつい……。

いきなり頭から泥水《どろみず》を浴びせられたような衝撃と、錐《きり》で胸を裂かれるような痛みを同時に感じる。

こんなふうに心を揺さぶられたのは、生まれてはじめてかもしれない。

胸を焦《こ》がすようなときめきとか、甘い炭酸がはじけるような歓《よろこ》びとか、そういうものできゅんとなる感覚なら晴琉が全部おしえてくれたけれど、それとはぜんぜん違う。

このまま鬱々《うつうつ》するのはいやだ。だけど今はどうしたらいいのか分からず、久瀬は精神の安定を求めて、何か別のことで頭をいっぱいにしたい、とスマホを手に取った。

——気分がスカッとする映画。この時間からならシネコンに入れば、二本、三本くらいは観られるかも。

いちばん近いのは有楽町《ゆうらくちょう》だ。でもあしたも仕事だから、観たあとすぐ帰宅したい。

自宅近くの恵比寿《えびす》のシネコンの上映中作品を調べるつもりでスマホの画面を見たのに、送ったLINEメッセージはもう既読になっただろうか、とふと気になる。アイコンをタップして、確認した。しかし結局、未読のままだ。

見なきゃよかった、と思った。

どうせ映画を観ている間は、スマホはマナーモードか電源を落とすことになる。こんなもんがあるから未読だ既読だと気になるんだ、と苛立《いらだ》ちはついにマックスになり、久瀬は八つ当たりのようにスマホの電源を落とした。


『ごめんなさい。今から会えますか?』『今どこ?』『連絡ください』——電源をオフにしていた間に、晴琉からのLINEメッセージと、着信の履歴もあった。

金曜日はLINEに返信もせず、翌土曜日に久瀬は予定どおり会社に出勤した。そして十三時を過ぎた頃、キリのいいところで作業をとめて、ようやく昼食と休憩《きゅうけい》を取っている。

久瀬は電話で話すのがあまり好きじゃない。相手の顔が見えないと、正しく互いの感情が伝わらないのがもどかしく、不安になる。万が一、口論になったとき、修復しづらい。LINEで会話を続けるのは、もっと苦手だ。

——きのうはいったん頭を冷やさないと、冷静に話せる気がしなくて。

晴琉とちゃんと仲直りするためには、会って話すしかない。

しかし、仕事が終わらない。きっと今日も遅くなる。

久瀬はテーブルに置いていたスマホを手に取った。

晴琉にまだ返信していない。昨晩、既読マークはついたはずだから、晴琉は久瀬の返信を待っているはずだ。

久瀬はひとつため息をついて、ぽつぽつと文字を打ち込んだ。

LINEで会話が続くのがいやで、『仕事』と、たったそれだけ送信する。

送ったメッセージはすぐに既読がついて、晴琉から『ごめんなさい。言い訳させてください』と返信が来た。いつもなら晴琉は顔文字やらスタンプやら、何かしらつけて送ってくるが、今回の件があって以降は簡素な文字だけになっている。

『言い訳させてください』のメッセージから、浮気だとか変な誤解をされたくない、という晴琉の気持ちは読み取れた。

本当は信じている。晴琉が浮気なんてするわけないのは分かっている。

でもきのうのことはショックで、久瀬は漠然とした煩慮《はんりょ》の中にいたのだ。晴琉の返信にほっとしつつも、どうして嘘ついたんだよ、と晴琉を責める言葉しか今は出てこない。

最悪の場合、あしたも出勤になる。

久瀬はまた短く『連絡する』とだけ返した。

ふたりのケンカに関係なく、この週末は仕事が忙しくて予定を立てられなかったのだ。返信したことでこの先ずっと無視するつもりはない、という意思表示にはなっただろうと思う。

——でも……こういうとき、もしも晴琉と一緒に住んでたら……どうなってただろう。

どんなに揉《も》めても、帰る場所はひとつだ。

晴琉はすぐに「仲直りして！」と言うだろうし、久瀬も晴琉の顔を見たら、むかむかしていたとしても、とりあえず話を聞こうとしただろう。

金曜の段階で、どんなに遅い時間だったとしても、仲直りできたかもしれない。

「——……」

久瀬は、一緒に住んでなくてよかった、とはまったく思わない自分に気づいた。

晴琉と暮らせば、平日だとか休日だとか残業だとか関係なくなる。日曜の夜に、家に帰さなくていい。ぽつんとした気持ちで見送らなくていい。

今までどうして、こんな簡単なことに気付かなかったのだろうか。

女性と同棲《どうせい》した経験がなく、久瀬がそれを望んだことだって一度もなかった。そもそも、自宅に来られること自体が面倒くさい、誰かと長い時間をすごすなんて煩わしい、としか思えなかったからだ。

日曜の夜に晴琉が帰らなきゃいいのにと寂しくなっても、他人はみなおのおの家に帰るもので、久瀬の傍にずっといてくれるとは考えたことがなかった。

恋人と暮らせば、キスもするけど、ケンカもするだろう。いいことばかりじゃないかもしれないが、何があろうと、あしたも一緒にいるために、今、傍にいられるほうがいい。

独《ひと》り暮らしをしている晴琉に、久瀬が同棲を持ちかければ、断るとは思えない。

そうだ、それがいい、と決断は早かったが、ひとつ気になることがある。

——同性の恋人がいるって、まだ親に話してない……。

女性とつきあっても長続きしなかったし、これまた一度も「親に紹介する」なんて気持ちに至らなかった。

お互い結婚を視野に入れるくらいの関係で相手が女性なら、しれっと半同棲して親に事後報告、というステップもアリといえばアリだ。親に内緒で同棲しているカップルはそこらじゅうにいる。

——でもうちの母親と妹……わりとマンションに遊びに来るんだよな……。

久瀬とともに地蔵呼ばわりされている父親含め、なんだかんだで仲のいい家族だ。

——晴琉のこと、家族に『友だち』とは紹介したくない。

同棲するかどうかより先に、恋人が成末《なりすえ》晴琉という男性だ、と家族には話しておきたい。

伝えれば驚くだろう。理解してもらえないかもしれない。

でも真剣な想いだから。久瀬の心に迷いはなかった。

■　久瀬くんと仲直り　■

月曜日に晴琉が職場に出勤したあと、久瀬が急遽出張となった詳しい状況が分かった。

群馬《ぐんま》での研修会に出席するはずだったシステムGr《グループ》の他のメンバーが、日曜に体調を崩してしまったらしく、久瀬はピンチヒッターとして出張を命じられたとのことだ。

予定外の出張だったためにようやく水曜日に出社した久瀬は忙しそうで、やはり「ケンカの仲直りがしたい」なんて職場で言い出せる雰囲気ではなかった。

晴琉が退社する間際に離れたところから久瀬の様子を窺《うかが》ってみたけれど、険《けわ》しい顔つきでパソコンに向かっていて、今日は遅くまで残業しそうだ。

――金曜まで待ったほうがいいかな……。今の状態で平日の残業後だと疲れてるよね。そんなときに話しかけられても「面倒くさいな」って思われて逆効果だったらやだもんなぁ……。

そんなことをつらつらと考えながらエレベーターホールに立っていたら、いきなり後方から強い力で腕を引っ張られた。

振り向いたところにいたのは久瀬だ。

「久瀬くんっ！」

久瀬の顔が間近にあって思わず声を上げてしまい、周囲の視線を感じてはっと息を飲んだ。

怒濤《どとう》の忙しさで疲れているのか、久瀬がいつもより気だるげだ。

――う、あぁ、ううっ……こんなときなのに、久瀬くんかっこいいよぅ……！

ケンカしていることも忘れて、晴琉は今、ご主人様を見つけてばたばたと尻尾《しっぽ》を振りたくる犬みたいになっている自覚がある。

そんな晴琉を前にしても、久瀬はいつもどおりクールな表情で笑顔はない。

久瀬は辺りに目を遣《や》り、「ちょっと、時間ある？」と訊《き》いてきた。そう声をかけられてようやく晴琉は緊張の面持《おもも》ちになってうなずいた。

久瀬に腕を掴まれたままついていくと、オフィスがあるフロアの小会議室に連れ込まれた。

間近で久瀬の姿を見ただけでつい浮かれてしまったけれど、この状況をどう受けとめるべきなのか分からない。

小会議室のドアを閉めると、久瀬はじっと晴琉を見つめてきた。

しんと静かな会議室に、久瀬の小さなため息がはっきりと聞こえ、晴琉は身が竦《すく》む思いだ。

気まずいのは自分のせいだし、身の置き所がなくて、晴琉はつい、目線を落としてしまう。

久瀬に「晴琉」と呼ばれて、晴琉はそっと顔を上げた。

「……電話じゃなくて……顔見て話さなきゃだめかなって……」

――……顔見て話す……？

電話やＬＩＮＥではすまされない大事な話、ということだ。

離れていた数日間に、晴琉は久瀬と仲直りするためにどうしたらいいか、ばかり考えていた。

しかし、今日までに久瀬からは「分かってる」とか「信じてる」とか、ふたりの仲はだいじょうぶだと晴琉を安心させるような言葉はひとつも出てきていない。

——……もしかして、別れ話っ……⁉

久瀬が言い淀《よど》むから、晴琉は彼が何を言い出すのかを先読みして瞠目《どうもく》した。

「えっ、い、いやだよっ！　僕、別れたりとか、ほんとむり、いやだ……！」

「は？」

おまえ何言ってんの、と言わんばかりの久瀬を見て、晴琉は「……違うの？」と半泣きの縋《すが》るような目になってしまう。

「誰もそんな話してねぇだろうが」

「だ、だって『顔見て話さなきゃ』なんて」

これまでの経験から、別れ話に続く前口上だと思ってしまったのだ。

「おまえの今までの男と一緒にすんな……って俺が言える立場でもないけどさ……」

ふたりしてしんとなる。

すると久瀬は「あぁ……だから、違うって……」と首のうしろをがりがり掻《か》いている。

「仲直りしたいのに、またケンカしてどうすんだよ……」

「く、久瀬くんっ……僕、久瀬くんと仲直りしたい」

じわっと目尻に涙が滲《にじ》んだ。

——久瀬くんも、仲直りしたいって思ってくれてたんだ……！

そのとき、すぐ隣の会議室に誰かが入室する音がした。本当は今すぐ抱きつきたいけどここオフィスだしな、と周辺の環境が視界に入って我に返る。

「LINE、ちゃんと返せてなくて、ごめん」

先に久瀬にそう謝られ、晴琉は慌てて「最初に既読無視したの、僕だし。ごめん」と返した。

「金曜は、……晴琉に嘘つかれたことも、けっこうショックだったし……俺に嘘ついてまでその女と二人きりで会うってどういうことだよって思った。おまえは自分がゲイだとかいうけど、俺だってゲイじゃなくたっておまえを好っ……」

久瀬が言いかけてやめた言葉の続きは分かる。久瀬はゲイじゃなくても、晴琉を好きになってくれた。それと同じように、晴琉がゲイであっても、女性を好きになる可能性がないとはいえないだろ、と言いたいのだろう。そんなことありえない、と自信を持って断言できるのは晴琉だけで、そこを思いやれずに晴琉が久瀬を不安にさせたのだ。

——僕が久瀬くん以外の人に惹かれるなんてないって、久瀬くんも分かってるからだいじょうぶ！　って勝手に思ってた。

「あの日は、自分のことしか考えられなかった。俺が大人げなかったんだ」

それなのに久瀬が謝ってくれている。

「ううう……ごめんなさいぃぃ。ちゃんと話すからぁ……」

「泣くなって」

だってもう、緊張の糸が切れたのと、話しかけてもらえたうれしさと、久瀬を傷つけたことに対する申し訳なさがいっぺんに溢《あふ》れてしまったのだ。

「嘘の理由もちゃんと訊こうとせずに、悪かったよ」

ううん、と首を振ると今にもぼろっとこぼれそうな涙を、久瀬の指で拭《ぬぐ》われた。

「おまえこそ……ケンカで面倒になったら無視するんだ、って俺のこと幻滅したんじゃないかって……」

「ええっ？　そんなわけないじゃんっ！」

思わず声のボリュームを上げてしまい、手で口を押さえて隣の会議室のほうへ顔を向けた。

こういうところであまり長々と話してはいられない。

久瀬もそう思ったようで、そちらを一瞥《いちべつ》して話し出した。

「土曜に夜中までかかって仕事終わらせてでも、どうしても実家に帰りたい理由があったんだ。実家での用が済んだら日曜の夜には晴琉と会って話せるかなって思ってたのに、今度は上司から呼び出されて……。やらなきゃいけないことがいろいろ重なったんだ」

「……久瀬くん、月曜火曜に急な出張で、今日はその影響で忙しそうだったし」

「俺がまともに連絡してないから、知らん顔されてんのかと」

「そんなときに僕がいろいろ話しかけても、煩《わずら》わしく思われないかなって」

月曜からの三日間は、お互いにお互いを想い、気遣《きづか》っていただけだったようだ。

「久瀬くん、今日も遅くなるよね。いつだったら早めに帰れそう……？」

――本当は何時になろうと待ちたい。でも……。

久瀬は連続出勤と出張疲れでへとへとのはずだ。

「今日は何時になるか……。あしたは一日外で、たぶんまた遅くなる。金曜は定時で帰れると思うけど……」

久瀬が申し訳なさそうに言うので、晴琉は「だいじょうぶ」とうなずいて見せた。

好きだからといって、忙しい恋人に自分の想いばかり押しつけてはいけないと思ったのだ。

「僕、金曜まで待つよ。久瀬くんの気持ちはひとまず分かったんだし」

「……そう、か……？　……ごめん。なんかタイミング悪くて」

久瀬は一瞬複雑そうな顔をしたものの、視線をしっかり交えてくしゃくしゃと髪を撫《な》でてくれる。ささやかなふれあいに晴琉はほっとした心地で、「ううん」と笑顔を浮かべた。

「……俺だって本当は……こんなとこでこそじゃなくて、会いたいって思ってるから」

「……久瀬くん……」

潤《うる》んだ目で久瀬を見つめると、久瀬はぐっと眉間《みけん》を狭《せば》めている。「離れろ」と言われるかと身構えたら腕を摑まれ、一瞬、くちびるにふれるだけのキスをされた。

びっくりしすぎて声も出せずにいると、久瀬はばつの悪そうな表情で、「職場で……キスは、もう二度としない」ともごもごしている。

「久瀬くんっ」

晴琉が今にも抱きつきそうになると、久瀬に片手でとめられた。

「やめろ。ここでは。俺は降格も減給も上司からの訓告も顛末書《てんまつしょ》の提出もごめんだ」

「そっちからしておいて」

「さっきのは、がまんできなかったんだよ。好きなんだからしょうがねぇだろ」

言い訳がだいぶ身勝手だけど、うれしいからにまにましてしまう。

「金曜……泊まれよ」

久瀬の言い方に痺《しび》れながら、晴琉は歓《よろこ》びもあらわに「泊まる!」と即答した。

まだ、嘘をついた理由も、内容も、全部を久瀬に話せてはいない。

今日はひとまず仲直りできたからよかったけれど、ちゃんと久瀬と話をしようと思う。いちいちこまかに言わなくても分かってくれてるはずとか、そんなふうに甘えたりしないで。これからのふたりのためにも。

もう二度と、今回と同じことで久瀬くんを不安になんてさせない——と晴琉は心に誓《ちか》った。

■ 久瀬くんの愛 ■

ケンカしてからようやくの金曜、久瀬のマンションのソファーで向き合い、彼の「で？」と言いたげな顔を見て、晴琉は神妙な面持ちになった。

「え……と……」

もう五百城部とのことがうっすらバレているみたいだし、彼女の立場を守ろうと一生懸命になって、久瀬にこれ以上いらない心配をかけたくないと思う。

下世話な噂話《うわさばなし》をきらう久瀬は、今回の件をぜったいに口外などしない。それに、他人に愛想がないだけで、仕事でパワハラ的ないやがらせなどをするような人でもない。

晴琉が経緯《けいい》を説明するのを、久瀬は黙って聞いていた。

五百城部に好きだと告白されたけれど、断るのを『当然』だと思っているのは晴琉だけだった。晴琉がゲイだと知っているのに彼女は期待していたし、恋人の久瀬を不安にさせた。

さらに彼女をフォローするのに必死で、その他をまったく気遣えていなかったのだ。

「……久瀬くんは僕のこと好きだし、分かってくれるよね、って甘えてたんだ」

そういう反省も踏まえて、普段、晴琉が女性をどういう目線で捉《とら》えてるか、「わざわざ言わなくても分かるよね」ですませず、ちゃんと話した。

「……こそこそ行動して嘘ついたのも、それで久瀬くんにいやな思いさせたのも、ほんとごめんなさい」

あらためての謝罪に、久瀬は「俺も、ちゃんと話も訊かずにごめん」と返してくれた。

「……でも、なんで五百城部さんだって分かったの？」

あのときはエスパーかと思ったが、「彼女が、晴琉を恋愛対象として見てる、って話をしてる場面に出くわしたことがある」との久瀬の説明でやっと理解した。

「晴琉を慕《した》ってる後輩、って意味でならいいけど。女だろうが男だろうが、晴琉に恋愛感情を向けられるのはいやっていうか……。晴琉にずっとべったり張りついてるし、正直、『邪魔すんなクソ』って気分で……」

本当に正直に明かしすぎな久瀬は、晴琉から目を逸《そ》らしてそう話してくれた。

「それで、その感情を丸出しだったわけね。五百城部さんの存在自体を抹殺《まっさつ》してるかのようだったから」

「……そんなに、出てたかな」

「いくら久瀬くんでも、普通なら社内の人には向けないいくらいの態度だったなぁって……あとから考えてみれば、ね。あ、『久瀬くんでも』って失礼だけど」

「いや、言われてるとおりだから、いい」

久瀬は苦笑している。

社内でも粗塩《あらじお》対応と名高い久瀬だから、ぱっと見で気付くほどではなかったかもしれないが。

「そういうふうに感じてたの、僕だけかもしれないけど」

「……あっちもそう感じてたんじゃねーの？」

そう返されて五百城部の「睨《にら》まれてる気がして」を思い出したが、それは彼女とこれからの久瀬のために、「どうだろうね」とだけ答えて黙っておく。

自分の保身のためじゃなく、ただ彼女の立場を考えたための嘘だったと説明したら、久瀬に分かってもらえた。久瀬と五百城部の微妙な空気については、晴琉のほうから「仲良くしてほしい」などと何かをお願いするものでもないと思う。

誤解がとけてほっとしたら、久瀬がちらりと晴琉を見た。

「……？　なんか他にも気になることある？」

なんとなく、そう感じたから訊いてみた。

ケンカをきっかけにもっと分かり合えたらいいなと思うから「あるなら話して」と促すと、ややあって久瀬が口を開いた。

「……そのうち、俺よりずっといい人が晴琉の前に現れたら、って不安があるから、あんなグイグイくる女が晴琉の近くにいるのが、いやっていうか……」

「久瀬くんより、好きな人？　僕にそんな人が？　できるわけないじゃん。なんでそんな不安なの」

本当にどうしてそうなるのか分からなくて、首を傾《かし》げてしまう。

「晴琉が、俺の前につきあってたやつと別れたのって……『思ったのと違ったとか、小さな齟《そ》齬《ご》が重なって醒《さ》めたり』が原因だって話してたから。俺のせいでそうなるんじゃないかと……」

「えっ、あ、あぁ、ゲイバーで話した内容のこと？」

久瀬が気まずそうにうなずいた。

「えーっ、それはだって、久瀬くんの話じゃないんだし！　あ〜、やっぱぺらぺら過去の恋愛話なんてするんじゃなかったよぅ……」

久瀬を不安にさせるつもりなど毛頭《もうとう》なかったのだ。こんなに好き好きと日々アピールしているのだし、晴琉としては過去について話したことすら忘れていた。

「前は小さな齟齬があっても、僕はそれを放置してたんだよ。隙間を埋《う》めようとはしなかったの。もういいや、って諦めてた。あっちもそうだと思う。ふたりの考えとか性格が合わないってことだろって思ってたんだ。性格の不一致ってやつ、僕、あれは、ふたりともか片方が、相手に寄り添う努力をしなかった結果だと思う」

「寄り添う努力……」

「努力っていうと、やんなきゃいけない義務みたいに聞こえるかもしれないけど、僕は久瀬くんじゃないし、久瀬くんは僕じゃない。別々の人間だから、分かり合うためには話したり、ふれあったり、いっぱいしないとだめなんだ。それをしない、したくないってことは、相手を思いやってないってことで、それは本当の愛じゃなかったんだと思う。僕は久瀬くんと分かりあいたいし、久瀬くんを好きっていうか、ここにあるのはちゃんともう、愛だよ」

晴琉は自分の胸に手を当てて、ここに愛があるのだと、懸命《けんめい》に伝えた。

言葉にしてしまえば恥ずかしい。でも言わなければ伝わらないのだ。

人はやっぱりエスパーなんかじゃない。うっすら感じられても、それだけじゃ不安になるし、絆《きずな》は見えない糸なのだから、紡《つむ》いでいかなければほどけてしまう。

久瀬は瞬《まばた》きもせずにじっと晴琉を見つめている。

「で、他にはっ？」

晴琉が気迫のある声で問いかけたので、久瀬が少しびくりとした。

もうこうなったらとことんだ。久瀬を心底愛している晴琉には、訊かれて返せないことなどひとつもない。

久瀬は少し迷った様子だったけれど、晴琉の考えに同意し、晴琉にもっと深く寄り添うためと思ってくれたのか、ひとつ頷いた。

「ケンカしてなくても、おまえ平日は来ない、とか思ってた」

「それは……だって、平日は遅くまで残業とかあるし、久瀬くんはもともとひとりの時間が好きな人だから、僕がずっとべったりしてきたら、いやかなって……」

「土曜だって、高木と遊んで、適当な時間にしか来ない……あぁ、ほら、こういうの言うと、なんか俺がものすごく狭量《きょうりょう》でくだらないばか男みたいだ……」

「そんなふうに思わないよ。久瀬くんは映画好きだし、僕とつきあう前、土日は家でひとりゆっくり映画見るのが唯一の息抜きだって言ってたから……」

「はい？　おまえ、俺の土日の予定なんてお構いなしに、うちにどかどか来てただろ。今まで図々《ずうずう》しくしておいて、なんでつきあいだした途端にそういうことに気を遣うんだ？」

「だってもう久瀬くんは、僕のもんだもん！」

晴琉の啖呵《たんか》に、久瀬が唖然《あぜん》としている。

だから適当にしていい、と言っているわけじゃない。

「僕は久瀬くんと死ぬまで、一緒にいるんだ。久瀬くんに片想いだった頃は時間がいつまであるのか分からなかったから、とにかくいられるだけ一緒にいようって必死で……必死っていうか、僕がそうしたくてしてただけ、ですが。でも今は、久瀬くんは一生僕のものだって分かってるから……ときには息抜きしてもらわないと、僕の粘着質かつ重すぎる愛で、久瀬くんの愛がいつか窒息《ちっそく》しちゃうかもしれないなって」

晴琉の説明に久瀬はいつの間にか前のめりになっていた身体を脱力させ、ソファーの背もたれにふうっと預けた。

「……おまえ……ほんとに俺の想像のナナメ上を行ってんな……」

「ええっ、そうかな」

「おまえさ……」

久瀬が苦笑いしている。呆《あき》れただろうか。

晴琉と目を合わせた久瀬は、とてもやさしい顔をしている。

「俺のこと好きすぎるだろ……」

晴琉は目を瞬《しばた》かせた。

「好きだよ。大好きだよ。ええっ、分かんなかった？　今更じゃない？」

「分かんなかったんじゃなくて、ちょっと見えなくなってた……見る角度間違ってたっていうか……。あぁ……晴琉なりの気遣い、みたいなものだったのかな」

「気遣いというより、もはや、僕が久瀬くんに末永《すえなが》く愛されるための努力……？」

久瀬が笑みを浮かべたまま、がくっと項垂《うなだ》れている。

「ごめんね、結局は自分本位なんだよね。僕の悪いとこです。ちゃんと久瀬くんに話せばよかったね。これもあれだよ、久瀬くんは分かってくれるでしょ的な甘え……が、根底にあったのかな……。だからこうやって、齟齬はちゃんと埋めておかないとね！」

うんうんと自分でうなずく晴琉に、久瀬がちらりと目線をくれた。

「でも……久瀬くんだってそうじゃん。僕のこと好きすぎじゃん。ひとりでごちゃごちゃ考えてさ、見えない敵と闘《たたか》って、相手にもならない女の子に嫉妬《しっと》してさ。ばかみたいに大好きじゃん。もう……一生おまえだけ愛してるって言ったらいいんじゃないかな」

「あいっ……？」

久瀬がおそらくこれまで「言ってよ」とおねだりされても一度も言葉にしたことのないセリフに違いない。

晴琉がわくわくして待つと、久瀬は身体を折り曲げて「くくっ」と笑っている。

「笑ってごまかすのなしだよー」

「えー、いやだ」

「いやだっ？　いやだなんて、そんな言い方しなくてもいいじゃん……」

ぶーぶーと不満を垂《た》れると、久瀬は目線を上げてにやりとした。その顔がえらくかっこよくて、晴琉の大好きな久瀬らしくて、うっとりと見とれてしまう。

目を合わせたままでいたら久瀬が座面に手をつき、ぐっと身体を寄せてきて……。

「く、……」

下から押しつけて掬《すく》い上《あ》げるような、どきどきする角度でキスをされた。

やさしくて柔らかで、でも想いをこぼすまいとする、久瀬の心情が伝わるキスのような気がする。

そっとくちびるがほどけても、久瀬は上唇を擽《くすぐ》ったり、軽く吸ったりしてきた。

「久瀬、くん……」

「俺は、今……おまえにしか興味ねーよ」

こつんとひたいをぶつけられて、間近に久瀬が微笑《ほほえ》むのを見るだけで、晴琉の胸はきゅうんと痺れる。

「来週封切りの映画のチェックを忘れてる。おまえが高木とどんなパンケーキ食ったとか、興味ない。あの後輩女の名前も覚えてない。でもパンケーキ食って、どんなこと考えたかは知りたい。あの女をふるとき、何考えてたか知りたい。そんなふうに思い浮かべるとき、映画のことなんて考えていられないだろ」

「僕はいつだって、何をしてても、最後にはぜったい、久瀬くんのこと想ってるよ」

するとが久瀬はうれしそうにして、てれたように少し目を伏せている。

「俺はけっこう、そういうの言わせたがりみたいだ。自分でも知らなかったけど」

「確かめたがりってこと？　愛されてるかなって？」

「自信ないんだ。日頃の行いっていうより、積年の行いが災《わざわ》いして。晴琉がくれるような愛って、この世に実在しないものだろって思ってたし、それはつまり自分のせいだったから」

こんなに愛されたがりの人がいるだろうか、というくらい、久瀬はいつでも晴琉の「好き」が欲しいみたいだ。そんなの、うれしくなってしまう。

「さっき久瀬くん『おまえ平日は来ない』って言ったでしょ？　会社で会っても、平日も会いたいってこと？」

その問いに、久瀬は少し頬と耳を赤くして、「そうだよ」とちょっとふてくされた口調で答えた。

「おまえは俺と会社で会うのまで、『会う』にカウントするのか」

久瀬はそう問いながら、今度はなぜか笑っている。笑う意味はよく分からないけれど、「久瀬くんがいいなら、僕はうれしい」と答えた。

「じゃあさ、平日も、久瀬くんちにお泊まりしていい？」

「いいよ。日曜の夜に、おまえが引き潮《しお》みたいに帰ってったあと、俺は玄関でぼーっとしちゃうんだからな」

「だってそれはさ、思いきってさくっと帰らないと、いつまでも切れない電話みたいに、タイミング分かんなくなっちゃうっていうか……。僕だって離れたくないんだよ、ほんとは」

玄関先にぽつんと、お留守番中の犬のように立つ久瀬を想像したら、とてつもなくいとおしくなってしまう。

「僕のわがまま許してくれるなんて、うれしいな」

「そういうのは、わがままとは思わねーよ」

ふたりともほっとした心地になり、互いに微笑みあった。

「おまえは俺に『夢みたい』って言ってたけど、その言葉、そっくりそのまま返すよ」

久瀬も夢のようだと思ってくれているのだろうか。

「そんなに、しあわせ？」

晴琉の問いかけに、久瀬は子どもみたいに「……うん」とうなずいて答えてくれた。

「ほら～、久瀬くんがこんなんだから僕、久瀬くんの愛を一ミリたりとも疑ってないんだよね～。そんな余地ないもん。へへっ」

愛してるという、使い慣れない飾りたてた言葉などなくても、久瀬の全部と彼のありのままの言葉がそれを訴《うった》えてくる。

「いろいろごめん。晴琉の気持ち、信じてなかったわけじゃないけど……俺のせいで俺自身が不安になってただけだ」

「ううん。愛されたがりの久瀬くんなんて、もっとずっと好きだよ」

もうがまんできなくて、晴琉は彼の首に両腕でぎゅっと抱きついた。そうしたら、久瀬も晴琉の背中や腰に腕を巻きつけて、熱い抱擁《ほうよう》の中でキスをくれる。

ひとしきり想いを交わすくちづけのあと、晴琉と目を合わせて、久瀬は見たこともないほどおだやかにはにかんだ。


先週の金曜日にケンカして、今日で一週間。たった一週間でも、とてつもなく長い時間に感じた。

なんだか片時も離れたくなくて、晴琉は久瀬と一緒にお風呂に入った。

そんなに大きなバスタブではないけれど、狭《せま》いところにぎゅうぎゅうで、そうまでして一緒に入るのがおかしくて、ふたりでだいぶ笑った。

久瀬の胸を背もたれにして浸《つ》かる。久瀬の肩口に後頭部をのせて、背後から包み込まれながら彼の首筋にくちびるを滑《すべ》らせたり、頬を寄せたりした。

湯に浸かり、身体も心もすっかりリラックスして、ちょっと眠くなってしまった。

「眠い？」

「んー……なんか安心するっていうか……気持ちよくて」

とろんと目尻《めじり》が下がっているのが自分でも分かる。

すると眠らせまいとでもするように、久瀬が湯の中で晴琉の乳首《ちくび》をやさしい強さでつまんだ。

「っふ」

それをきゅっきゅっと捏《こ》ねられて、湯の中で弄《いじ》られるのを上から覗く。

いくらもしないうちに眠気は薄れ、下肢《かし》にじんわりと緩火《ぬるび》の熱が集まり始めた。

「久瀬く……」

「前に手、ついて」

久瀬に「ここ」とバスタブの縁《ふち》へ導かれ、彼の手に誘われるままの体勢になる。

最終的に、背後の久瀬のほうへ尻を突き出すようなポーズを取らされた。

どうする気だろうと思って待つと、窄《すぼ》まりに久瀬の舌先がふれたからびっくりする。

「え、あ、く、久瀬くんっ！」

それはまだされたことがない。

久瀬がバスルームへ入ってくる前に、身体をきれいにしておいたとはいえ別問題だ。その行為は特別で、いろいろ許しあっているような深い間柄《あいだがら》じゃないと無理だと、される側の晴琉は思っていた。もし久瀬にされたら自分はうれしいけれど、相手にまで同じ気持ちを求めるのは酷《こく》だし、べつに拘《こだわ》らなくてもいい行為だったのだ。

久瀬とは精神的にも肉体的にも深い仲になれていると思う。でもそういう崇高《すうこう》なものとは別の、この行為に対するもっと単純な覚悟も必要だったなと、実際されたら思った。

「そっ……無理しないでっ」

「無理じゃない」

「でもぉっ……」

最後は声が萎《しぼ》んだ。ぬるりと久瀬の舌が入り込んできたからだ。

なんだか泣けてきた。いくらきれいに準備を整えたといっても、普通に考えて、身体の中では汚《きたな》い部分だと思う。それをしなくても愛されているのは充分伝わるのに、それでも久瀬はできうるすべてで伝えようとしてくれているのかもしれない。

「久瀬くんっ……」

膝の力が抜けそうになる。ひどく恥ずかしい。汚いところだからと遠慮《えんりょ》するようなことを言いながら、全部を愛してると刻み込まれるみたいな行為がうれしくて、やっぱり自分は強欲なのだと思う。

気付けばバスタブに溜《た》まっていた湯は抜かれ、くるぶしまでほどしか残っていない。

後孔《こうこう》の縁を久瀬の舌が浅く出入りしている。

身体の奥深くまで全部曝《あば》かれて、ばらばらにされて、ひとつひとつ吟味《ぎんみ》されるみたいだ。

「——んぅっ……！」

ゆるく勃《た》ち上《あ》がったペニスを久瀬が扱《しご》き始《はじ》め、前とうしろを同時に愛撫《あいぶ》されたら恥ずかしさはどんどん薄れていった。

久瀬は無言だ。こんなことをさせていいのかと思う一方で、どうしようもなく悦《よろこ》んでいる自分がいる。

舌でたっぷりとろかしたところに、今度は指を突き入れ、浅く深く、ゆっくりと、それでいて的確なところを掻《か》き回《まわ》される。

「……ぜ、くんっ……！」

じゅぶっとバスルームに派手な音が響いた。

晴琉の戸惑いなどお構いなしに、煽《あお》るような指遣いで抉《えぐ》られる。

「久瀬、くんっ」

「ごめん……早く晴琉とつながりたい」

懸命《けんめい》な行為の意味をまっすぐに伝えられて、うれしくないはずがない。

不安だったり寂しかったりした一週間分の隔《へだ》たりを一刻も早く埋めようと、久瀬に早急に挿《そう》入《にゅう》され、晴琉はそれを受け入れた。

バスルームでわざわざしなくても、広いベッドでならもっと自由にゆったりと交《まじ》わることができる。それが分かっているのに、今どうしてもこうしたいし我慢できないのだと求められるのは、悦びでしかなかった。

背後から突かれて、タスバブの縁にしがみつく。身体の中を久瀬の硬茎で抜き挿《さ》しされるのをひどく生々《なまなま》しく感じて、晴琉は背筋を震わせた。ひとつ突き上げられるたびに、中に注がれた久瀬の唾液《だえき》と先走りが、じゅぶっ、と音を響かせる。

「晴琉っ……、すご、い……」

「やあっ、あ、うっ、んん……！」

膝に力が入らなくて、立っていられない。頭の芯が痺《しび》れている。

なんだか恥ずかしい。つながってまだいくらもしないのに、すごく感じている。

深くまで抽挿《ちゅうそう》されているとき、鳥肌を立てた内腿《うちもも》や震える腰を久瀬がやさしく撫でてくれて、それだけのことにも感情が昂《たかぶ》って、泣き声になってしまった。

追い打ちをかけるようにペニスを扱かれて、晴琉はしゃくりあげた。

「くぜ、く……待って……、だめっ……」

「どうして？　とろとろで……気持ちよさそうだけど？」

中でつながる久瀬には伝わってしまう。最奥《さいおう》から縁のぎりぎりまで、久瀬のものでこすられると、悦びもあらわにきゅうきゅうと収斂《しゅうれん》する。

「なんか、すごいっ、からっ……あぁっ……！」

「もう立ってられない？　きつい？」

耳元で問われて、晴琉は目を瞑《つぶ》ってこくこくと頷いた。なのに、腰が勝手に揺れてしまう。

「でも抜かないと、ベッドに行けない。抜いていいの？　それともこのままイくまでしたい？　どっちがいい？」

そんなのもうまともに考えられない。この体勢を保つのはきついし、ゆっくり思いきり抱きあいたいけど、ただ、今はこの気持ちいいのをやめてほしくない。

ぐちゃぐちゃと音が響く。中頃から奥までを突く、短く早いストローク。

「久瀬く、ん、あぁっ……それっ、好きぃ……！」

もう腕の力も入らなくなって、崩れながら下から激しく突き上げられる。

「あぁ……イくぅ……！」

気持ちよすぎておかしくなる——手淫《しゅいん》と後孔の刺激に腰をがくがくと揺らして晴琉が果てると、久瀬が奥に吐精《とせい》するのを感じた。

久瀬の熱いもので、深いところをいっぱいにされる。同時に心も満たされる。

気づいたら久瀬に背後から抱きしめられたまま、首筋や後頭部にたくさんキスをされていた。

「……あ……」

「だいじょうぶか?」

「……うん。……最後、一瞬飛んでたみたい」

「えっ……湯あたりさせたかな」

久瀬の声が本気で心配している。だから晴琉は「ほんとにだいじょうぶ」と振り向いて笑顔を見せた。

「そういうのじゃないよ。あんまり気持ちよくて」

身体に巻きついている久瀬の腕に、晴琉も手を添えてぎゅとする。

「……僕、しあわせすぎるんだよ」

久瀬を好きになって、こんなに愛されるなんて、最高の奇跡だと思った。


バスルームからベッドに戻って、いちゃついているうちにまたしたくなって、三回目でさすがにバテた。

「寝不足なんだからさ」

仕事のばたばたと、ケンカのダブルパンチだったから。

「えっちして寝るの、気持ちいいよね」

晴琉が無邪気に言うと、横臥《おうが》して向き合った久瀬は笑っている。

「あした、映画でも見に行く?」

「なんか見たいのある?」

久瀬からの問いに晴琉は「んー、スカッとするのとか、おもしろいやつがいいな」と具体的でないリクエストをした。それだけ言えば、久瀬が適当に決めてくれる。

「でもお昼くらいまでだらだらしてたいな~」

「うん」

久瀬の胸に顔を寄せながら、晴琉は彼の背中に手を回した。久瀬もそんな晴琉にやさしく腕を巻きつけてくる。なんてしあわせな抱擁《ほうよう》なのだろう。

久瀬が「行くまでになんか決めとく」と言うので、晴琉はうなずいた。

「ねぇ久瀬くん……」

「んー」

久瀬はもうすでにちょっと眠そうな声だ。目も閉じている。

「巨大彗星《すいせい》が降ってきて、あした地球がなくなるって知ってしまったら、久瀬くんはどうする?」

映画によくあるシチュエーションで、ふとそんな質問を思いついた。

もし宝くじが当たったらとか、無人島にふたりきりで漂着《ひょうちゃく》したらとか、あまり現実的でない空想をしたときの答えを聞くと、人間性が出るというか、個性的な答えが聞けておもしろい。

「えー……あした？　なくなんの？」

「そう、あした。それを知ってるのは久瀬くんだけ」

久瀬は晴琉のくだらない質問の答えを「んー」と繰り返すばかりだ。

答えない、という答えもある。それはそれで久瀬らしい気もする。

だから久瀬より先に、晴琉が自分の問いに自分で答えた。

「僕はねー、『あした地球がなくなるんだよ！』って久瀬くんに大騒ぎして告げると思う。久瀬くんとできることなんでもしなきゃ、久瀬くんとおいしいもの食べなきゃって思うもん」

晴琉の答えに、久瀬は喉の奥で「くくく」と笑っている。

「おまえらしいな」

久瀬の返しに「僕もそう思う」と晴琉も笑った。

それでこの会話は終わりかな、久瀬くん眠そうだし、と「おやすみ」を言おうとしたら、目を瞑った久瀬が話し始めた。

「俺は……晴琉にそのことは言わないで、晴琉を抱いて眠ったまま一緒に逝《い》く……かな」

びっくりするほど晴琉とは逆の答えだ。でも久瀬のやさしさを、そのまま映《うつ》したような答えだと思う。晴琉が「久瀬くんらしいね」と言おうと顔を上げたら、久瀬は眠ってしまったみたいで、かわいい寝顔がそこにあった。

「……おやすみ、久瀬くん」

久瀬の答えを心の中でもう一度繰り返す。

晴琉は好きだから一緒の時間を精いっぱい共有したいと思っていて、反対に久瀬は、好きな人との時間をおだやかに共有して、悲しませたくないと思っている。言葉にしない選択だけど、それは彼が冷たいからじゃない。

——ぜんぜんちがうふたりだね。でも、久瀬くんの想いも愛も、僕は誰より分かってるつもりだよ。

それから、大好きな人とベッドで眠るしあわせが一生続きますようにと願って、晴琉も目を閉じた。


翌日の土曜日はお昼前にふたりでのろのろ起きて、適当に作った昼食を食べ、映画を観たあとにぶらっとショッピングなどしたら、あっという間に陽が暮れた。

ふたりで温泉旅行くらい行きたいね、近場に日帰りでもいいね、と話して、旅行サイトを検《けん》索《さく》して……。

そんな一日の終わりに、久瀬がベッドの中でぽつんと言った言葉に、晴琉は文字どおりびょんっと飛び上がった。

「……えっ、なんて言った？」

「……もう、一緒に住もうか、って」

じっと久瀬の顔を見つめる。久瀬は無表情だ。だから聞き間違いかと思うのだ。

「もう一緒に住もうか、って……おまえ聞いてんのかよ」

何回も言わせるから、久瀬がしかめっ面になっている。

晴琉は酸欠の魚みたいに口をぱくっとさせて、「き、き、聞こえてます」と頷いた。

「じゃあ、なんかさ、『うれしい』とか、なんか、あるだろ。そういうの言えよ」

「う、う、う、うれしいよぉっ、うれしい！　久瀬くんとずっと、ずっとここにいられたらいいのになって、僕も思ってた！」

晴琉がうるうるしているから、それを見た久瀬は上掛けを捲って「ちびってないだろうな」と笑っている。

「うれしょん！」

今度はびょーんと久瀬に抱きついた。

驚きの出来事は翌日の日曜にも起こった。

この日はとくに何も決めていなかったけれど、久瀬がいつもより少し早く起きたので、晴琉も一緒に起床したのだが。

「今からうちの母親と妹が来る」

「えっ?」

きのう映画の帰りに買ったベーカリーの食パンにかじりついたタイミングで報告された。

晴琉は「そんなのきのうのうちに言ってよ〜」と大慌てで朝食を掻《か》き込《こ》むはめになる。

「なんで慌ててんの」

「なんでって……だって僕、帰んなきゃ」

「なんで」

「はい?」

久瀬と会話が通じなくて、晴琉は眉を寄せた。

「いて。紹介するから」

久瀬の無茶ぶりに、晴琉はもう一度「はいっ?」と声を上げる。

「しょ、紹介って……?」

「つきあってる人、って」

「…………」

くらっと目眩《めまい》がする。この人はもしかして寝ぼけているのだろうか、と心配になった。

「いや、あの……僕はよくても、そんな急に、久瀬くんのご家族がびっくりするし、ショック受けるかもだし！　へたしたら倒れるよ！」

こんなデリケートな問題を天気の話みたいにしようとしてるなんて、と思ったから慌てているのだ。それなのに久瀬は涼しげな顔で淹《い》れたてのコーヒーを啜《すす》っている。

「男の恋人がいるって話はした」

「……え？」

「先週、俺が実家帰ってたろ。晴琉となんかあって揉《も》めたときとか、すぐ傍にいないのはまじ耐えられないって思ったから、一緒に住もうっておまえに話をしようと……。でも、その前に、親に話しとくべきかなって……まぁ、話したときはみんな驚いてたけど」

晴琉は持っていた食パンをついに皿に戻した。

「みんな……って……」

「だから……親父と母親と、妹」

「家族全員っ……！」

まさかの急展開にまさかのカミングアウトだ。久瀬と久瀬の家族の問題なので、その件に口を挟《はさ》むことはしないけれど、結果は大いに気になる。

「……おとうさんとか、怒ってなかった？　おかあさん、悲しまなかった？　妹さん、引かなかった？」

「……いや……ほんとに驚いてただけ。妹は『ウケル』っつってた。あいつなんでも『ウケル』からな」

「うそぉ……」

「親は……いろいろ思うところはあっただろうけど、俺もいい年だし、好きになったもんを取り消せって言われても無理だし、親がなんか言ったところでどうにもならないって分かってるだろ。……だから今日、来る。おまえに会ってみたいんだって」

話を戻され、はっとして立ち上がった。

「えっ、ちょ、待って、僕、か、髪形変じゃないっ？　ふ、服！　普通の服しかないよっ？久瀬くんのおかあさんと妹さん、何時にくんの？」

久瀬は時計をふらりと見上げて、「一時間後、くらい？」なんてお気楽な調子だ。

晴琉は立ち上がっていたところから脱力して椅子に座り込む。

「一時間て……詰んだわ……。こんな、週末にだらだらえっちしてましたって見たら分かるような雰囲気の部屋に親きょうだいを呼ぶっ？　早くごはん食べて！　掃除しなきゃ！」

「んな散らかってねーよ」

「そういう問題じゃなーい！　久瀬くんはふとん干してっ！　下着とかハブラシとか生々《なまなま》しいからしまって！　お風呂も洗ってないし、うわーん！　初対面の久瀬くんのおかあさんと妹さんに『だらしない彼氏さん』って思われたくないーっ」

それ五分で食べて、と久瀬の前にある朝食を指し、晴琉は自分の分をはぐはぐと食べた。

「でもなんて理解のある家庭なの。うちは、物心ついたころから僕がこうだから、慣れちゃってるけどさ」

驚きで大騒ぎしたあと、食パンを食べながら、うれしくて涙が出てくる。

会ってみたいと彼氏の親きょうだいに言われたのもはじめてで、こんなのうまくいきすぎだ、と思うのだ。

その晴琉の涙を久瀬がティッシュでぐいと拭ってくれた。

「ごめん、びっくりさせて」

もぐもぐ食べながら、ぼろぼろ泣きながら、「うん」と頷く。

涙がとまらない。それを久瀬が全部拭き取った。

「晴琉の家族にも、会いたい。晴琉の過去の恋愛とか元カレとか、べつにもう知りたくないけど、晴琉を産んで育ててくれた人には会ってみたい」

「涙とまんないから今やめてー」

そんな晴琉の悲鳴とうれし涙を、久瀬がおだやかな笑みで受けとめてくれた。

あとがき
AFTERWORD

―川琴ゆい華―

こんにちは。このたびは『ふれるだけじゃたりない』をお手に取ってくださり、ありがとうございます。お楽しみいただけましたでしょうか。

このお話の前半は二〇一七年発売の雑誌に掲載していただいたもの、後半は書き下ろしです。掲載された雑誌は『お道具』という企画テーマがある号でした。性具でも性具以外の日常的なものでも『お道具』として使うならなんでもOKというものです。

性具以外を使うのなら企画テーマがなくてもいつでも書けるので、「オトナのオモチャを使うってどういうシチュエーションなんだろ?」というところから考えました。使われるほうがそれを歓迎してるのがいいなぁとか、それで関係性が逆転するようなことになると愉《たの》しいなぁとか、そんなことをいろいろと、つらつらと捏《こ》ねまして。さらに、受につれない攻って書いたことがないから楽しそうだわ、と気持ちが滾《たぎ》り、「受にまったく興味のない攻×とにかく一途で打たれ強い受、はいかがでしょう」「興味がないってきらいよりもてごわい気がする」……と、長文プレゼンメールを担当さんにお送りしたのでした。

攻の久瀬《くぜ》くん。とてもおもしろいキャラです。前半は「言い方!」と思うことしばしばでしたし、相手の鼻の穴が気になる~のくだりなんか、書いてるわたしが言葉を失った部分です。

でも久瀬くん、デリカシーはある（本人談）ので、口には出さなかったはず。

こういう人をただただ大好きな晴琉《はる》にあれこれ言っても暖簾《のれん》に腕押しなので、どうぞ読者様もあたたかく見守ってあげてください。ふたりで最高にしあわせになれる、ちゃんとハッピーエンドなお話だと思います。なんか最後は、晴琉よかったね～というより、久瀬くんも心底から愛し愛されてよかったね……と、作者としては親心のような気持ちでほっとしました。

雑誌掲載時も素敵なイラストを描いてくださったスカーレット・ベリ子先生。コマ割りされている部分がたくさん入った挿絵《さしえ》は、漫画を見る感覚もあって新鮮でした。読者様も楽しんでくださると思います。カラーも挿絵も晴琉がかわいくて、久瀬はイメージのまんまで、にまにましてしまいます。大好きな漫画家さんに描いていただけてしあわせでした。ありがとうございました。

担当様。見過ごしてしまった齟齬《そご》などフォローしてくださるのがとても心強く、わたしもよりいいものにしたいという気持ちでがんばれました。お世話かけてばかりですが、今後ともよろしくお願いします。

最後に読者様。雑誌掲載時をご存じない方ももちろん、当時ご感想をくださった方も、書き下ろし込みでご感想をお寄せいただけたらとてもありがたいです。お手紙、ＳＮＳでひとことでも本当に嬉しいので、よろしければお声掛けくださいませ。

またこうして、皆様とお会いできますように。

この本を読んでのご意見、ご感想などをお寄せください。
川琴ゆい華先生・スカーレット・ベリ子先生へのはげましのおたよりも
お待ちしております。

〒113-0024　東京都文京区西片2-19-18　新書館
[編集部へのご意見・ご感想] ディアプラス編集部「ふれるだけじゃたりない」係
[先生方へのおたより] ディアプラス編集部気付　〇〇先生

- 初 出 -
ふれるだけじゃたりない：小説DEAR+17年アキ号（vol.67）
きみにしか興味がない：書き下ろし

ふれるだけじゃたりない

著者：**川琴ゆい華** かわこと・ゆいか

初版発行：2018 年 10月 25日

発行所：株式会社 新書館
[編集] 〒113-0024
東京都文京区西片2-19-18　電話（03）3811-2631
[営業] 〒174-0043
東京都板橋区坂下1-22-14　電話（03）5970-3840
[URL] https://www.shinshokan.co.jp/

印刷・製本：株式会社光邦

ISBN978-4-403-52467-7